建筑师的旅行笔记

墨西哥·古巴

邹瑚莹　袁镔　著

中国水利水电出版社
www.waterpub.com.cn
·北京·

图书在版编目（CIP）数据

建筑师的旅行笔记. 墨西哥·古巴 / 邹瑚莹，袁镔著. -- 北京：中国水利水电出版社，2022.10
ISBN 978-7-5226-0781-8

Ⅰ. ①建… Ⅱ. ①邹… ②袁… Ⅲ. ①游记—作品集—中国—当代 Ⅳ. ①I267.4

中国版本图书馆CIP数据核字(2022)第108915号

责任编辑　杨　薇　周玉枝

书　　名	建筑师的旅行笔记　墨西哥·古巴 JIANZHUSHI DE LÜXING BIJI　MOXIGE·GUBA
作　　者	邹瑚莹　袁　镔　著
出版发行	中国水利水电出版社 （北京市海淀区玉渊潭南路1号D座　100038） 网址：www.waterpub.com.cn E-mail: sales@mwr.gov.cn 电话：（010）68545888（营销中心）
经　　售	北京科水图书销售有限公司 电话：（010）68545874、63202643 全国各地新华书店和相关出版物销售网点
排　　版	中国水利水电出版社微机排版中心
印　　刷	北京科信印刷有限公司
规　　格	215mm×225mm　20开本　12印张　276千字
版　　次	2022年10月第1版　2022年10月第1次印刷
印　　数	0001—2000册
定　　价	98.00元

凡购买我社图书，如有缺页、倒页、脱页的，本社营销中心负责调换

版权所有·侵权必究

前言 Forewords

墨西哥是美洲印第安文明的重要发源地。印第安文明是世界古文明中谜题最多的文明，它的突然出现和消失至今还像谜一样无法得到合理的解释。公元前1200—前400年，存在于现在墨西哥中南部热带雨林中的奥尔梅克文明，以及它灭亡之后诞生的特奥蒂华坎文明，都是未解之谜。特奥蒂华坎古城中的太阳金字塔和月亮金字塔，奇琴伊察古城中的库库尔坎金字塔、勇士庙、千柱广场以及名为"蜗牛"的奇琴伊察天文台等，都是印第安文明的代表性建筑。这些印第安文明灿烂而又神秘，散发着长久的魅力。去墨西哥旅游是我们多年来的愿望。

1959年，菲德尔·卡斯特罗率起义军推翻旧政府时，我们还在大学读书。他建立古巴革命政权之后，曾有清华建筑学院学长作为中国青年代表团成员访问古巴，古巴在我们心中是个充满活力的国家。诺贝尔文学奖得主海明威在古巴住了22年，他的名著《老人与海》和那首动听的歌曲《美丽的哈瓦那》，让我们对古巴充满憧憬与向往。

2017年，我们的墨西哥和古巴之旅终于成行。这次旅行尽管安排了两周时间，但对于像墨西哥这样历史文化资源丰富的国家来说，时间还是太短了。墨西哥和古巴的独特历史文化及迷人风情给我们留下了难以忘怀的印象。这促成了我们编写这本旅行笔记的决心。可当我们着手写作时，深感对墨西哥和古巴历史知识的了解非常欠缺。为此，我们阅读了大量文献资料，对重要的建筑遗址、文物遗存和景点作了反复的查证，力求正确，希望能对大家阅读这本书有所帮助。

邹瑚莹　袁镔
2021年7月于清华蓝旗营

目 录

前言 Forewords

Part1
墨西哥 Mexico

01 墨西哥视觉意象 The Visual Image of Mexico 1

02 墨西哥城的标志——独立纪念碑 Monument of Angel—A Symbols of Mexico City 2

03 瓜达卢佩圣母大教堂 Notre Dame of Guadalupe 3

04 特奥蒂华坎古城 Ancient City of Teotihuacan 7

05 登皮皮拉山顶鸟瞰瓜纳华托 Birds-eye View of Guanajuato on the Top of Pipira Mountain 16

06 瓜纳华托——采矿发展起来的城市 The Guanajuato—A City Developed from Mining 20

07 瓜纳华托—— 一座殖民城市 The Guanajuato—A Colonial City 23

08 瓜纳华托——依山就势而建的山城 The Guanajuato—A Mountain City Built on the Mountain ... 26

09 瓜纳华托——上帝不小心打翻的调色盘 The Guanajuato—A Palette That God Accidentally Knocked Over 28

10 瓜纳华托圣母院 Notre Dame de Guanajuato 33

11 瓜纳华托瓦伦西亚教堂 The Church of Guanajuato La Valencia 36

12 瓜纳华托的一座温馨餐厅 A Warm Restaurant of Guanajuato 40

13 瓜纳华托小城生活点滴 Leisure lifes in Guanajuato Town 44

14 圣米格尔城鸟瞰 Aerial View of the City San Miguel 48

15 一座有着悠久历史的古城 An Ancient City with Long History 50

16 那萨勒耶稣教堂 Jesus Temple of Nazareth 52

17 圣米格尔艺术画廊般的旅馆 Hotel Like Art Gallery in San Miguel 54

18 阿连德艺术学院　Ayande School of Art 58

19 圣米格尔的大街小巷　The Streets of San Miguel 63

20 圣米格尔一家民俗旅馆　A Folk Hotel in San Miguel 66

21 圣米格尔的艺术品商店和艺术品　Art Shops and Artworks in San Miguel 69

22 巴拉干设计的卫星城巨塔　Huge Tower of Satellite Design by Louis Balagan 72

23 著名银都塔斯科山城　The Famous Mountain City Named Taxco 73

24 塔斯科山城圣普里斯卡教堂　St. Prisca Church in Taxco Mountain City 83

25 圣普里斯卡教堂前的博尔达广场　Bolda Square in Front of St. Prisca Church 86

26 塔斯科的小贩　Vendors in Taxco 89

27 旅馆里的墨西哥银器　Mexican Silverware in Hotels 92

28 世界文化遗产——墨西哥国立自治大学　World Cultural Heritage—National Autonomous University of Mexico 94

29 蓝屋——女画家弗里达·卡罗的故居　Blue House—The Former Residence of Female Painter Frida Kahlo 97

30 墨西哥国家人类学博物馆　National Museum of Anthropology in Mexico 104

31 卡巴遗址　Kabah Relics 117

32 参观玛雅人卡门的家　Visit the Maya Carmen's House 124

33 乌斯马尔古城遗址　The Ruins of the Ancient City of Uxmal 128

34 奇琴伊察库库尔坎金字塔象征玛雅历法

　　The Pyramid of Courquin in Chichen Itza Symbolizes the Mayan Calenda 136

35 印第安部落的美洲豹崇拜　The Jaguar Worship of Indian Tribes 140

36 球赛是玛雅人向神献礼的序幕　The Ball Game is the Prelude of the Maya Offering Gifts to God 142

37 奇琴伊察勇士庙和千柱广场　Chichen Itza Warriors Temple and Qianzhu Square 147

38 名为蜗牛的奇琴伊察天文台　The Astronomical Observatory Called Snail in Chichen Itza 150

39 普克风格的奇琴伊察修女院　Puuc-Style Convent of Chichen Itza 152

40 奇琴伊察建筑石雕细部　Stone Carving Details of Chichen Itza Architecture 156

41 坎昆·一场精彩的墨西哥歌舞　A wonderful Mexican Song and Dance in Cancun 158

Part2
古巴 Cuba

42 古巴视觉意象 The Visual Image of Cuba 169

43 哈瓦那老城区——建筑艺术的博物馆 Old Havana City—Treasure House of Architectural Art 170

44 巨大的哈瓦那新城革命广场 Revolution Square of New Town Great Hawala 176

45 莫罗城堡点火仪式传承 200 多年
　 The Lighting Ceremony of Moro Castle Has Been Preserved for More Than 200 Years 180

46 一座由伯爵住宅改建的朗姆酒博物馆 A Rum Museum Converted from the Count's Manor 186

47 海明威的古巴故居——瞭望山庄 Hemingway's Former Residence in Cuba—Finca Vigia 190

48 行驶中的老爷车博物馆 The Moving Museum of Classic Cars 196

49 巴依宫餐厅的伊斯兰建筑风格 Islamic Building Style of Bayi Palace Restaurant 200

50 洪堡国家公园 Humboldt National Park 204

51 去圣塔克拉拉途中风光如画 Picturesque Scenery During the Trip to Santa Clara 206

52 世界文化遗产——西恩富戈斯城区历史中心 World Cultural Heritage—Cienfugos City Historic Center 208

53 西恩富戈斯托马斯·特瑞剧院 The Thomas Terry Theatre in Cienfugos 212

54 世界文化遗产——特立尼达 World Cultural Heritage—Trinidad 215

55 特立尼达的居民 A Resident of Trinidad 219

56 特立尼达的游客 Tourists in Trinidad 221

57 古巴女生 Cuban Girls 225

58 云尼斯山谷烟叶种植园及雪茄烟工厂 Tobacco Plantation and Cigar Factory Around Yunnis Valley 227

59 云尼斯山谷印第安史前生物的壁画 Indian Prehistoric Fresco in Yunnis Valley 230

后记 Afterwords..231

Part1
墨西哥 Mexico

The Visual Image of Mexico 01
墨西哥视觉意象

瓜纳华托
圣米格尔
特奥蒂华坎古城
墨西哥城
塔斯科
乌斯马尔古城
奇琴伊察古城

02 Monument of Angel—A Symbols of Mexico City
墨西哥城的标志——独立纪念碑

天使纪念碑

墨西哥城的标志——独立纪念碑（也称"天使纪念碑"）坐落在改革大道的一个广场上，因碑顶矗立的一座展翅欲飞的胜利女神镀金铜像而得名。北京奥运会期间，天使神像的模型还在北京展出过。天使神像高6.7米、重7吨。她的右手托着一顶桂冠，左手握着一节链条，表示历时300年的西班牙殖民统治的枷锁已被彻底砸断。这座纪念碑是为纪念墨西哥独立100周年而建的，整体为圆柱形，高36米。纪念碑正方形底座的四个方向，分别雕塑了象征着法律、正义、战争与和平的四尊神像。基座上层的四角是莫雷洛斯、格雷罗、米纳和布拉沃四位为争取墨西哥国家独立而献身的民族英雄的雕像，正中则是"墨西哥独立之父"伊达尔戈的雕像。

Notre Dame of Guadalupe
瓜达卢佩圣母大教堂 03

瓜达卢佩圣母大教堂位于墨西哥城东北面的郊外，坐落在离市区不远的特佩亚克圣山下，是个依山而建的建筑群，被列为世界天主教奇观。在教堂内，从任何角度都可以看到圣坛上的瓜达卢佩圣母像。相传，1531年，一个叫胡安·迪戈的印第安农民在这个地方遇见了"圣母"，并将此地视为圣地。这里的第一座教堂是一个用土砖砌成的简陋建筑物，但它对朝圣者有着磁铁般强大的吸引力。在随后的几个世纪里，教堂被反复重建和扩建。1706年建造了第二座瓜达卢佩圣母大教堂。这座教堂有4个塔楼和高40米的圆顶。几个世纪前，对瓜达卢佩圣母的崇拜已深入人心，她的形象已渐渐地融入整个墨西哥民族的感情世界中。因此，朝圣者们在这个地方又建造了第三座瓜达卢佩圣母大教堂。这座于1976年竣工的现代化新教堂，与建于1706年的第二座教堂相毗邻。新教堂比旧教堂大10倍，建筑面积为2万平方米，可容纳2万人。

第一座瓜达卢佩圣母大教堂

1706年建的第二座瓜达卢佩圣母大教堂

1976年建的第三座瓜达卢佩圣母大教堂

圣母玛丽亚塑像

瓜达卢佩圣母大教堂室内

瓜达卢佩圣母大教堂广场上的钟塔

在瓜达卢佩圣母大教堂广场上跳舞的学生

Ancient City of Teotihuacan
特奥蒂华坎古城   04

被称为"众神之城"的特奥蒂华坎古城，位于墨西哥首都墨西哥城东北部约 40 公里处，是印第安文明的重要遗址。1987 年联合国教科文组织将其作为文化遗产列入《世界遗产名录》。古城最初的名字现已无据可考，而现有名字来源于阿兹特克人。12 世纪时，当还生活在石器时代的阿兹特克人来到这里时，他们被这座宏伟壮观的古城遗址所折服，他们相信这座城市是由神明所建，特将古城命名为特奥蒂华坎，即人成为神的地方，也叫"众神之城"。

古城面积 250 公顷。据考古发掘判断，公元 5 世纪是该城的全盛时期。那时，特奥蒂华坎是西半球最大和最重要的城市。公元 6—7 世纪，该城居民可能多达 20 万人。但是，对于特奥蒂华坎的建造年代，至今其说不一。大多数学者认为，这座城市兴盛于公元前 100 年至公元 600 年。最近根据碳 14 测定的结果，有人认为古城的历史年代比原来的断定要早几百年，也有人认为应该更早，大约在公元前 1500—前 1000 年。甚至还有学者根据地质资料，将特奥蒂华坎建城日期推测到公元前 4000 年之前。

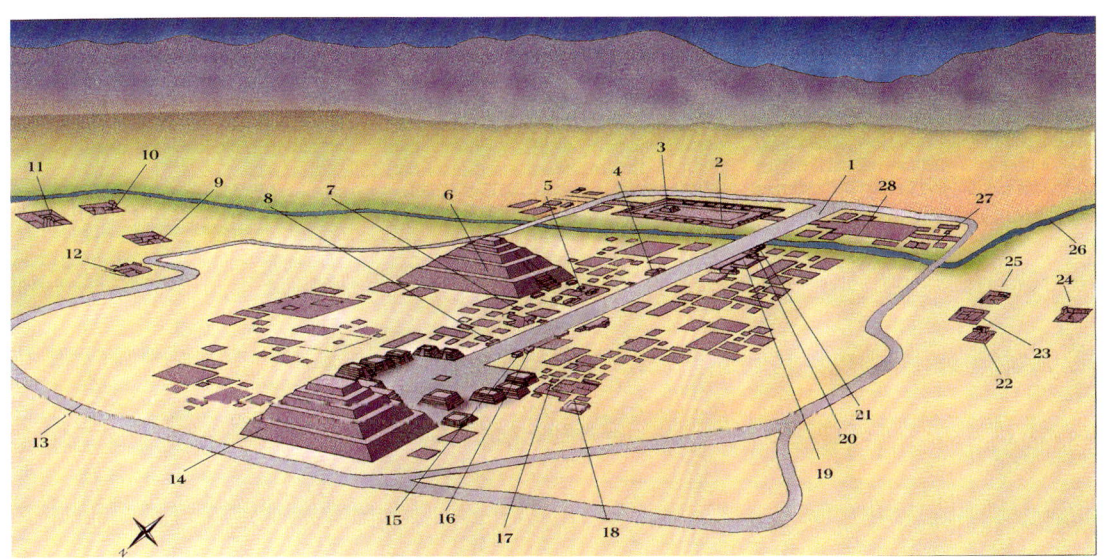

墨西哥特奥蒂华坎古城鸟瞰

1	黄泉大道	8	美洲豹壁画	15	农业神庙	22	雅亚瓦垃
2	城堡	9	伊拉潘	16	神话动物神庙	23	萨库拉
3	羽蛇神宫	10	商业区	17	羽状海螺壳宫殿	24	阿特特尔科
4	维京集团	11	特拉米洛尔帕	18	美洲豹庭院	25	特蒂特拉
5	太阳金字塔前的宫殿	12	特潘蒂特垃	19	黄泉大道西部的广场综合体	26	圣胡安河
6	太阳金字塔	13	现代街道	20	楼房建筑	27	东西大道
7	太阳宫	14	月亮金字塔	21	圣胡安河西北的复杂地区	28	市场

太阳金字塔和黄泉大道

太阳金字塔复原示意图 （苏航 作画　袁凌 着色）

古城第一次挖掘始于 1884 年。墨西哥政府自 1905 年开始组织古城的发掘工作。1980 年启动了更广泛地挖掘和加固。根据发掘显示，城市的建筑是一层一层叠建起来的，一共有 4 层废墟，目前已挖掘出 3 层。我们现在看到的遗迹，只是当年壮丽古城的一小部分，整个城市的十分之九仍然埋在泥土之中。古城的修复工作十分细致，加固过的墙体镶嵌小石子，以示与原古建墙体的区别。

今天我们在特奥蒂华坎古城看到的，只是古城的中心区。它以笔直的黄泉大道为中轴线，建筑分别布置在大道两侧。黄泉大道宽 40 米，长约 2 公里。其名字的来源已无法考证。有种说法认为，当时用活人祭祀，并在大道上火化，故称该大道为黄泉大道。市中心的标志性建筑是两座大型金字塔。

太阳金字塔位于黄泉大道以东，祭祀太阳神。塔底座为 222 米乘以 265 米，塔高 65 米。月亮金字塔在黄泉大道北端，塔基为 150 米乘以 120 米，塔高 43 米。祭祀月亮神。两座金字塔都用沙石泥土堆砌而成，表面覆盖石板，再用彩色壁画饰面。两座塔顶各有一座神庙，祭祀用。不过，两座神庙在时光的流逝中已荡然无存。

黄泉大道两侧还有羽蛇神宫、大街小巷和达官贵人的住宅。其中，有一幅长度大于 2 米的美洲豹壁画，它的尾巴很长，超过身体的三分之一，其形象栩栩如生，但如今已经濒危灭绝。

攀登太阳金字塔顶的人们

月亮金字塔西侧是蝴蝶宫的遗址，宫里的壁画色彩鲜艳，完好无损，柱子上的浮雕精美。这里是宗教上层人士和达官贵人的住地。这是迄今为止发现的特奥蒂华坎最古老的建筑。

蝴蝶宫的住房都是四方形，正对东南西北四个方向。房子中央都有天井，用作采光通风。蝴蝶宫下面还挖掘出雨螺庙。离雨螺庙不远处是美洲豹宫。

特奥蒂华坎这座距今2000多年的城市，有如此巨大的规模，但它并不是自发形成的，而是经过精心规划建设的，这让人称奇。城市的规划非常严谨，全城采用网络布局，以57米为城市的统一模数。居住建筑都用天井采光通风。金字塔对称建造。其中，黄泉大道北端的月亮金字塔，作为黄泉大道的结束和黄泉大道的对景，建在一座高台上。在塔前广场上，对称布置着12个精美的祭台。这不仅提升了月亮金字塔庄严肃穆的地位，还像戏剧结尾般地创造了拜神仪式的高潮位置。从遗址残留的优美壁画和雕塑，可见古城建造者高超的美学品位和文化修养。

特奥蒂华坎的金字塔和埃及的古金字塔的功能是完全不同的。前者是祭祀用的神庙。神庙位处高高的塔顶，把神和上天联系在一起。后者是古埃及帝王（法老）的陵墓，是法老权力的象征。

1987年，联合国教科文组织在将特奥蒂华坎古城列入《世界遗产名录》的评价中特别强调：作为中美洲最重要的文化中心之一，特奥蒂华坎的文化影响力和艺术影响力遍及整个地区，在某些方面甚至超越了地域。

现在，来自世界各地的游客络绎不绝。人们或来参观、学习，或来朝拜，亲身地感受特奥蒂华坎。如今，特奥蒂华坎的影响力已经遍及世界文化和艺术的许多领域。

月亮金字塔和月亮广场

月亮金字塔复原示意图(苏航 作画 袁凌 着色)

住宅区废墟

月亮广场上"水之女神"的雕像已风化

羽蛇神头的石雕

黄泉大道边建筑上的美洲豹壁画

修复后的蝴蝶宫

蝴蝶宫柱子上精美的浮雕

美洲豹宫

建筑修复加固的标记

到古城参观的游客

特奥蒂华坎古城工作人员

黄泉大道上的小贩

05 Birds-eye View of Guanajuato on the Top of Pipira Mountain
登皮皮拉山顶鸟瞰瓜纳华托

在皮皮拉山山顶鸟瞰山城

缆车下的瓜纳华托

山下的教堂和大学城

瓜纳华托城被世界最大私人旅行指南出版商"孤独星球"评选为2018年最值得去的10大城市之一，被美国国家地理杂志和英国广播公司BBC评为一生最值得去一次的地方，是第90届奥斯卡金像奖最佳动画长片《寻梦环游记》中亡灵世界的取景地，是塞万提斯国际艺术节的举办地，还号称是上帝不小心打翻调色盘的糖果色城市。

这座头顶无数光环的墨西哥山城瓜纳华托，1988年被联合国教科文组织列入《世界遗产名录》。2017年4月，我们一行8人来到瓜纳华托，乘缆车登上皮拉山顶，鸟瞰这座五彩斑斓的城市。山城美景犹如梦幻一般，让人陶醉，让人心旷神怡。

团队在皮皮拉山顶合影

06 The Guanajuato—A City Developed from Mining
瓜纳华托——采矿发展起来的城市

瓜纳华托山城入口的矿工雕塑

瓜纳华托位于首都墨西哥城西北370公里处。据2005年统计，全市人口7万余人。瓜纳华托的地名来自塔拉斯坎语，意为"一块在城外看像青蛙的大岩石"。在当地的宗教里，青蛙代表上帝的智慧。

瓜纳华托由于银矿的开采而建立。16世纪，它曾是世界最大的银矿中心之一。18世纪，瓜纳华托进入了鼎盛时期，一度拥有银矿1816座，产量占到全世界的60%。1988年，瓜纳华托的老城区和周边的矿区被联合国教科文组织评定为世界文化遗产。对它的评价是：瓜纳华托城由西班牙人在16世纪初期建立。到18世纪时，它发展成为世界上最主要的银矿开采中心。这段历史可以从其现存的"地下街"和"地狱之口"得到证实。"地狱之口"指的是当地的一口矿井，其深度达到了600米。

我们在城中漫步时看见的隧道，就是那些"地下街"。这是因为瓜纳华托最初是沿瓜纳华托河建造的，由于多年的河水泛滥，河道被改道至地下溶洞。其后，地下的矿井坑道就被改建成如今的"地下街"。这样一来，隧道成为现今瓜纳华托最具特色的交通系统。

瓜纳华托城市入口环岛上，有座矿工采矿的雕塑。山顶上有座向矿工埃尔·皮皮拉这位独立运动英雄致敬的纪念碑。这些都象征性地向世人展示着这座矿业城市的前世今生。

汽车驶进山城地道

瓜纳华托山城矿井改造成隧道

遥望山顶的皮皮拉纪念碑

The Guanajuato—A Colonial City
瓜纳华托 —— 一座殖民城市   07

1521 年，墨西哥沦为西班牙的殖民地。16 世纪初期为开采银矿，西班牙殖民者在瓜纳华托建城，大量的西班牙人、欧洲人蜂拥而至，他们带来了欧洲的文化和宗教，并按欧洲流行的巴洛克式样在瓜纳华托城中建起了几十座教堂。殖民者在银矿的开采中发了财，于是按家乡的建筑建起了豪宅、剧院、雕塑……瓜纳华托成为一座殖民城市。

但是我们看到的瓜纳华托并不是一座欧洲城市，它融合了欧洲文化和墨西哥原住民文化。在瓜纳华托，不少教堂的室内是欧式的。外形上，穹顶、钟塔展现了教堂的欧式式样，但是欧式教堂的入口、柱式、檐口、拱券等往往是镶嵌在造型简朴大气、色彩丰富艳丽、具有墨西哥风情的建筑实体上的。教堂入口繁复、细腻的雕饰，也是墨西哥艺术风格的再现。瓜纳华托是殖民城市，也是欧洲文化和墨西哥原住民文化的综合体。

墨西哥国家人类学博物馆的设计者拉米雷斯教授说得好："没有古代阿兹特克和玛雅文化，不可能有我们今天的文化；同样，没有西班牙人带来的欧洲文化，也不可能有我们今天的文化。"

建于 1873 年，1903 年竣工，以墨西哥建国首位总统的名字命名的瓜纳华托胡亚雷斯剧院与圣地亚哥教堂

教堂成为街道对景

城内欧式风格的住宅

圣地亚哥教堂前的雕塑

瓜纳华托城内的和平女神雕像

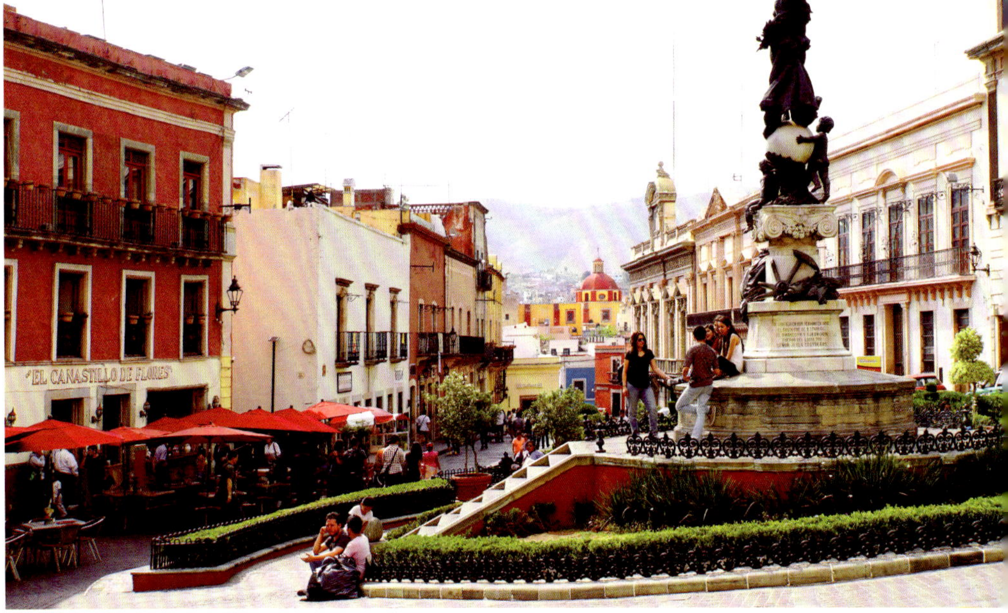

瓜纳华托城，从胡亚雷斯剧院可见圣罗克教堂的屋顶

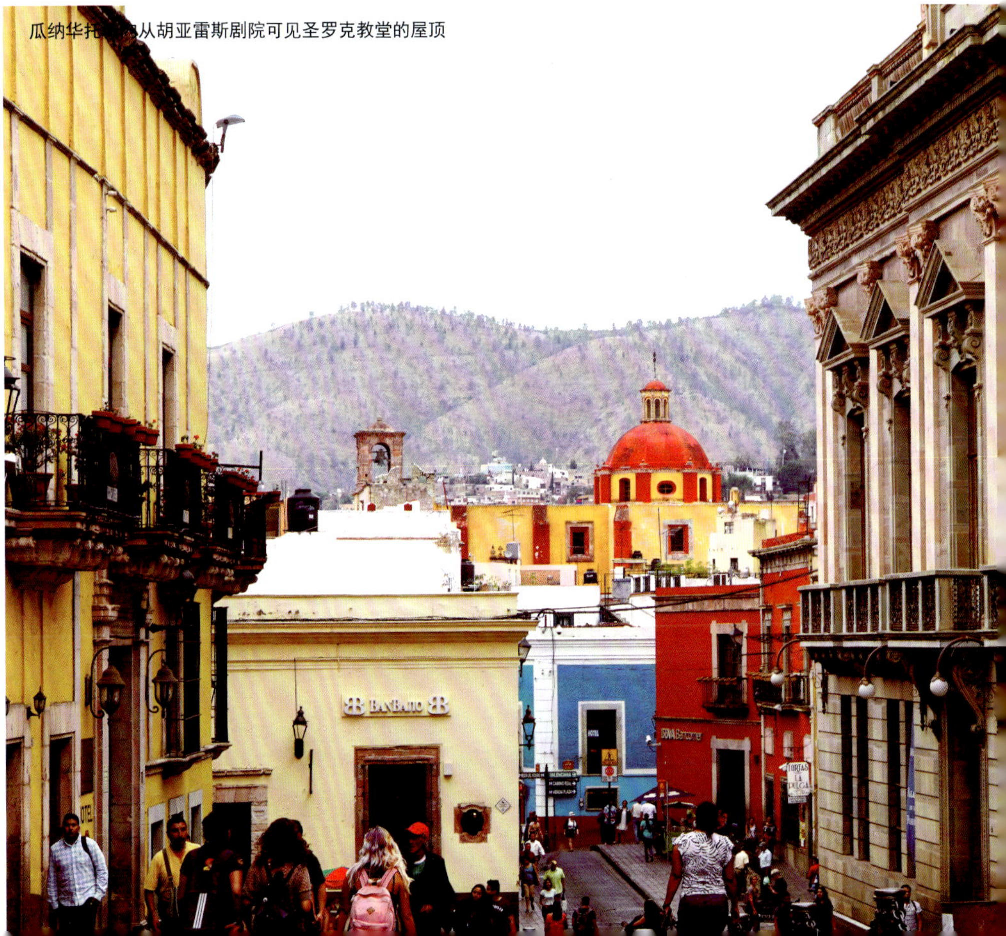

08 The Guanajuato—A Mountain City Built on the Mountain
瓜纳华托——依山就势而建的山城

山城道路顺坡修建，蜿蜒曲折

　　瓜纳华托建在群山环绕的山谷之中。四周重峦叠嶂，城中建筑密布。房屋沿等高线修建，层层错落。街巷空间千变万化，丰富多彩。狭街陡巷的石板路蜿蜒曲折，高高低低。

　　城里有一条狭窄的"接吻巷"，小巷窄到只能容一人通过。传说这里发生过拉丁美洲版本的罗密欧与朱丽叶的故事。女主角艾利爱上了小巷对面的穷小伙卡洛斯，但他们的恋情遭到艾利父亲的强烈反对，两人只能在阳台上隔巷相吻。据传，在"接吻巷"相吻已成为青年人的成人礼。

　　如今，"接吻巷"吸引着无数情侣，每天都有情侣在这里排队等待拍一张热烈相吻的墨西哥浪漫照片。

山城建筑沿等高线建造

山城建筑的高差与采光、通风处理别具一格

山城狭窄的"接吻巷"

09 瓜纳华托——上帝不小心打翻的调色盘
The Guanajuato—A Palette That God Accidentally Knocked Over

瓜纳华托山城房屋异彩纷呈

瓜纳华托五颜六色的建筑颇有地域特色

与国际上一些色彩斑斓的城市，如法国野兽派绘画诞生地科利乌尔、智利海港城市瓦尔帕莱索、印度玫瑰城斋浦尔等相比，墨西哥的瓜纳华托城是色彩最丰富、最绚丽、最耀眼、最让人难忘的美丽山城。

站在山顶向下俯瞰，瓜纳华托就像一片五颜六色的花海，又像一块色彩艳丽的地毯。黄墙红顶的圣母大教堂，一袭白装的瓜纳华托大学，在"花海"中脱颖而出，成为"彩绘城市"的标志。瓜纳华托就像是"上帝不小心打翻的调色盘"，是童话般的世界。

瓜纳华托这座色彩之城，让人不禁想起特奥蒂华坎古城中那些金字塔的色彩亮丽的复原图；想起那些在传统节日里头戴鲜花，身着色泽艳丽、刺绣精美的长裙的墨西哥妇女；想起那些色彩鲜艳的墨西哥手工艺品。色彩的运用也是一个民族的艺术和文化的特色和传承。

瓜纳华托旅馆虽小,但色彩吸睛

瓜纳华托商店里的商品色彩艳丽

瓜纳华托大学白色纯净

瓜纳华托街巷色彩丰富

Notre Dame de Guanajuato

瓜纳华托圣母院 10

瓜纳华托圣母院红黄搭配的鲜艳外观

瓜纳华托圣母院坐落在城市中心。当你鸟瞰它时，它在城中巨大的体量、红黄相间的鲜亮色彩，既庄严宏伟又朴实典雅的外形，堪称瓜纳华托的标志性建筑。这座圣母院的造型和室内装饰，既有欧式巴洛克建筑的特征，又有殖民地建筑的地域特色，尤其是它的外观——它绚丽的棕黄色、朴实的外墙和红色的屋顶与典型欧式教堂完全不同。

但是，圣母院的欧式主入口就像一张剪纸片贴在明亮的黄墙上。主立面上两座钟楼的造型，红色在拱顶、墙面上恰如其分的分量，都凝结了当地建筑师的智慧和创造。圣母院的室内色彩柔和淡雅，装饰富丽堂皇，又是欧洲流行的巴洛克风格。

圣母院前的和平女神雕像

圣母院简约的墙面与豪华的入口

圣母院豪华入口的粗犷木门　　　　　　圣母院色彩柔和淡雅的室内

11 The Church of Guanajuato La Valencia
瓜纳华托瓦伦西亚教堂

瓦伦西亚教堂大门外的景观

瓦伦西亚教堂是巴洛克建筑风格

瓦伦西亚教堂入口大门

瓦伦西亚教堂坐落在瓜纳华托以北14公里处。那里是个旧的银矿区。据说,其高峰期银矿产量曾占据世界储银量的60%。银矿主靠采银发了财后,出资捐建了这座巴洛克风格的教堂,用以安抚矿工。

教堂建在一座小坡顶上,沿着高大的台阶,从大红色的围墙进入。站在台阶下,只能看见教堂的上部,一种新奇、神秘的感觉油然而生。

进入大门后观看,这是一座小巧玲珑、形态精致的教堂。教堂用淡红色的石材建造,有着一些喜庆的气氛。教堂中部入口处,从上到下满是精致的浮雕,建筑与浮雕互相渗透。教堂内部圣坛的墙面金光闪烁,雕饰复杂华丽。

加西亚教堂入口浮雕

瓦伦西亚教堂室内雕饰复杂的祭坛

祭坛细部

12 A Warm Restaurant of Guanajuato
瓜纳华托的一座温馨餐厅

丰富的院落空间，明亮的色彩

中午，我们在瓜纳华托一家旅馆里用餐。一走进旅馆的院子，就被它吸引住了。它虽然没有新奇的造型、豪华的装修，没有星级旅馆的派头，但是明快协调的色彩让人眼前一亮。院落里丰富的空间，古色古香陈设的点缀，绿色植物的配置，都给人一种自由放松、到家的感觉。餐厅里砖砌的拱顶、简易的吊灯取代了豪华的吊顶。石材墙面就像是用废弃的矿石砌筑的一样。墙上大幅彩画也像是草根画家的杰作。廉价的家具中穿插着几张粉红色的小桌，十分提神。就连餐垫、餐具、菜品也讲究色彩搭配。整个餐厅充满乡土气息和亲切温馨的生活气息。

旅馆建筑外形自由活泼

旅馆的院子

1 餐厅室内生活气息浓厚
2 餐厅砖砌拱顶朴素美观
3 粉色小桌活泼漂亮

1 建筑细部空间丰富，配以绿植经济美观
2 餐厅室外小品简朴美观
3 餐厅小院具有地域风情

13 Leisure lifes in Guanajuato Town
瓜纳华托小城生活点滴

瓜纳华托老人

瓜纳华托在自家门口玩耍的女孩　　　　　　　　　　瓜纳华托逗狗狗的老人

卖菜小贩

随叫随到的小乐队

偷着乐的手机客

卖画为生的老爷爷

卖饮料的老奶奶

14 Aerial View of the City San Miguel
圣米格尔城鸟瞰

圣米格尔城鸟瞰

圣米格尔小城位于墨西哥城以北 274 公里处，距瓜纳华托约 1 小时车程，海拔 1950 米。小城始建于 1542 年。相传 1542 年时，欧洲传教士胡安·圣米格尔在此建了一座教堂，后来此地发展成一座城市，被命名为"圣米格尔"。因墨西哥独立运动英雄阿连德在这里出生，1826 年这座城市更名为圣米格尔·德·阿连德，简称圣米格尔。

站在山顶上鸟瞰圣米格尔，它那浓烈的色彩、高耸的粉红色教堂深深打动了我。与瓜纳华托一样，圣米格尔也是"上帝打翻了的调色盘"，是一座色彩纷呈的漂亮城市。

　　圣米格尔有两所艺术学院，培养了许多艺术家。城里有很多画廊和艺术品商店，墨西哥风情的艺术品琳琅满目。艺术家们把圣米格尔装扮成艺术之城。

　　圣米格尔气候宜人、环境舒适、消费便宜，是西方退休老人，尤其是美国退休老人的度假胜地。1926年，墨西哥政府宣布其为国家级的古迹城市。

　　2008年，圣米格尔城被联合国教科文组织评为世界文化遗产。《旅游圣经》是康泰纳仕集团最著名的杂志之一，它的读者将圣米格尔列为世界最美城市的首位。

15 An Ancient City with Long History
一座有着悠久历史的古城

瓜纳华托老城的市政厅造型简洁

瓜纳华托有一栋巨大的建筑叫作"Alondiga谷仓"。这里曾是墨西哥建国打响第一枪的地方，也是当时西班牙人的藏身之处。如今，建筑前面巨大的台阶像座广场，它是城市的舞台，是举办大型活动的场所。这栋建筑的檐口有点欧式建筑的风味，但它巨大的体型，简单、坚实的形象，朴素的外貌都和瓜纳华托色彩艳丽、造型丰富的其他大型建筑截然不同，而与特奥蒂华坎古城中简约、坚固的建筑颇为相似。

尤其是谷仓前的《自由》雕塑，它那蛇头的造型就像现代化的雨蛇神一样。

另外，瓜纳华托圣母院大门上的木雕，与墨西哥国立人类学博物馆里的雕塑神似。这些特点正是墨西哥传统文化艺术对后世有着广泛而深远的影响的证明。这足以说明，瓜纳华托是一座有着悠久历史文化传统的古城。

瓜纳华托老城市政厅前蛇头造型的《自由》雕塑

瓜纳华托老城市政厅大门上的木雕头饰形象古老、做工粗犷

16 Jesus Temple of Nazareth
那萨勒耶稣教堂

鸟瞰那萨勒耶稣教堂

那萨勒耶稣教堂在城市中十分醒目

在山顶鸟瞰圣米格尔时，一栋高塔般的粉红色建筑鹤立鸡群，十分引人注目。这就是圣米格尔教区教堂，即那萨勒耶稣教堂。教堂是用当地的一种粉红色石材建造的，所以也被人们称为"粉红色的结婚蛋糕"。这座教堂是19世纪时，由当地的原住民石匠根据明信片上的一座欧洲教堂设计的。它是一栋哥特式建筑，其雕饰又融合了印第安文化。建筑非常漂亮，是圣米格尔的标志，在城里的许多地方都能望见它。今天，那萨勒耶稣教堂还是欧洲和拉丁美洲文化融合的典范。

那萨勒耶稣教堂的哥特式风格中融合了印第安文化

17 Hotel Like Art Gallery in San Miguel
圣米格尔艺术画廊般的旅馆

玫瑰屋酒店外观

圣米格尔的一栋红房子在整条街中十分引人注目，这是著名的玫瑰屋酒店。酒店开业时，墨西哥前总统卡尔德龙曾来此剪彩，还留下了一块纪念碑。

酒店是开放式的，没有门卫。从敞开的门廊往里走，是个像天井一样的圆形庭院。院子的一楼有一圈敞廊。廊子的每个开间都布置着艺术品，有铜雕、绘画，有像工艺品一样的家具，还有廉价材料做成的漂亮挂毯等。尤其是入口处的大理石拼花地面，让人犹如走进了露天画廊一般。

总统剪彩的纪念碑挂在敞廊内，虽然并不起眼，但却含蓄地表明了这家旅馆的地位。

玫瑰屋酒店内院

1 玫瑰屋酒店造型独特的雕塑
2 酒店入口的大理石拼花地面
3 总统剪彩纪念碑

1 廉价材料做成的挂毯
2 酒店用绘画、家具装饰墙面
3 酒店精美的家具

18 Ayande School of Art
阿连德艺术学院

阿连德艺术学院院落的出口

阿连德艺术学院是墨西哥圣米格尔·德·阿连德的一所视觉艺术学校，它的校址在1735—1809年间是座修道院，1949年才改为艺术学院。1951年，它被并入瓜纳华托大学。学校教授壁画、摄影、平版印刷、陶瓷、织物、布料印刷、银器等课程。我们参观了艺术学院临街的庭院，一圈带拱廊的房屋围绕着庭院。正对入口的拱廊里有一幅墨西哥独立运动英雄阿连德将军的壁画：阿连德将军骑在马上威武雄壮，神采奕奕。拱廊里的房间有画廊、艺术工作室等。拱廊墙上还有表现墨西哥文化的壁画，可能是有关亡灵世界的旧壁画。

阿连德艺术学院为墨西哥培养了许多人才，很多墨西哥有名的画家、雕刻家、陶艺家、摄影家都毕业于阿连德艺术学院。圣米格尔成为墨西哥的艺术之城，阿连德艺术学院功不可没。

阿连德艺术学院的院子

1 院子敞廊里的巨幅壁画
2 阿连德艺术学院院子的敞廊
3 廊子内的房间入口

阿连德将军的壁画

通道的壁画

展览画廊

The Streets of San Miguel
圣米格尔的大街小巷 19

艺术之城圣米格尔的街道

圣米格尔的街道

在艺术之城圣米格尔，五颜六色的建筑将大街小巷装扮得朝气勃勃，充满活力。高高的教堂钟塔有时是街道的对景，有时又与低矮的街道建筑形成高低起伏的对比，使街道的轮廓线十分丰富。大大小小的建筑入口处、墙面上多多少少都有一些装饰。城市洋溢着浓厚的艺术气息。

1 小街的色彩与对景
2 小街上的古典门柱
3 小街建筑外墙色彩

20 A Folk Hotel in San Miguel
圣米格尔一家民俗旅馆

民俗旅馆的入口

在圣米格尔的一条小街上,我被一栋涂刷砖红色涂料的房子吸引。这是一家正在装修的民俗旅馆。几栋民房的院落被一条通道串联起来,原本各自为政的民房小院,成为一进一进的大院。虽然各个小院还保有自身的特色,但又都被砖红色的涂料整合成一个整体。小院里种满了植物,显得生气勃勃。窗台上的"小鸡"十分可爱。这栋旅馆让人感到像家一样温馨。

小院红墙绿植生气勃勃

小院可一进一进往里走

最后的院子可上到屋顶

小动物花盆构思新颖

小花园中的陈设增加环境的趣味

Art Shops and Artworks in San Miguel

圣米格尔的艺术品商店和艺术品 21

画廊

圣米格尔有许多艺术品店和画廊。它们的店面设计、室内装修、门窗、门把手、标牌设计，展示设计、橱窗，还有各种工艺品都很不错。

艺术品店

艺术品店的门

艺术品店橱窗

门把手

手工艺品店

22 Huge Tower of Satellite Design by Louis Balagan
巴拉干设计的卫星城巨塔

路易斯·巴拉干设计的巨塔般的彩色雕塑

从瓜纳华托返回墨西哥城途中，远远望见公路前方一组巨塔般的彩色雕塑。这组雕塑由红、蓝、黄、白四色共5个造型极简的"巨塔"组成，十分美丽、醒目。这是墨西哥著名景观建筑师路易斯·巴拉干的作品。1902年，路易斯·巴拉干出生在墨西哥瓜达拉哈拉的乡村，1924年大学毕业后，他遍游欧洲，回国后开始了建筑师生涯。巴拉干主张建筑与景观相融合，将二者一体设计。他的设计作品形式极简，色彩鲜艳。他注重自然光线、光影效果和水的运用。

巴拉干说："我们发现如果想要减少对美好景观的破坏，并创造良好的建筑形式与其相适应，就要选择极简的形式、抽象的特征、极端的直线、平坦的表面、常用的几何形体来设计建筑物。"1980年，路易斯·巴拉干获得第二届普利兹克奖。

The Famous Mountain City Named Taxco
著名银都塔斯科山城   23

塔斯科山城远眺

著名银都塔斯科山城

1 山城建筑层层叠叠

2 著名银都塔斯科山城入城处矿工雕塑

塔斯科位于墨西哥城西南约185公里的高原上,这里最早是当地土著印第安人的居住地。1524年,西班牙殖民者到这里寻找矿藏时,发现了大量银矿。之后,开发白银的热潮席卷而至,塔斯科繁荣起来。这座人口仅有15万的山城,竟有16000多家银店,是著名的"世界银都"。每年11月的最后一个周六至12月的第一个周日,塔斯科都会举办一年一度的"国家银饰节"。节日期间,还有银饰大赛和银饰流行趋势发布会,墨西哥总统会亲自为冠军颁奖。

我们来到塔斯科时,第一眼所见是一尊竖立在山城入口处的矿工雕塑。放眼眺望山城,漫山遍野都是密密麻麻、层层叠叠的房屋和蜿蜒曲折的黑色石板路。房屋依山就势建造,道路高低错落有序。山城建筑以二三层为主,其中点缀着形象各异的高耸教堂。建筑大多是红筒瓦、坡屋面、白粉墙,阳台上挂满了花盆。山城洋溢着一片欢快的西班牙情调。

我们乘坐一辆白色小甲壳虫出租车上山。沿途山路陡峭,道路狭窄,人车混杂,十分拥挤。小甲壳虫在石板路上行驶缓慢,一路颠簸。途中,我们遇到一车荷枪实弹的士兵,这给轻松的旅程增添了一丝紧张,不过也带来不少安全感。小车快到半山腰时停了下来。我们下车步行一段,终于到达山城中心。

山城远眺

塔斯科山城圣普里斯卡教堂

山城教堂

西班牙红瓦白墙风格的山城建筑

山城建设依山就势

半山腰的老教堂

1 山城道路高低错落
2 上山途中的小小货摊
3 山城里还有荷枪实弹的士兵

St. Prisca Church in Taxco Mountain City
塔斯科山城圣普里斯卡教堂   24

圣普里斯卡教堂正立面

塔斯科山城的市中心有一座名叫"圣普里斯卡"的高耸的教堂。相传 1716 年一个 17 岁的法裔西班牙人何塞·德拉博尔达来塔斯科找矿,他被山路上的石头绊倒,意外地发现了大量银矿新脉。后来,他成为塔斯科著名的银矿大亨,秉承着"神若赐我,我必奉神"的虔诚信念,出资在被绊倒的地方兴建了这座教堂,并把教堂前的圆形广场命名为博尔达广场。

圣普里斯卡教堂坐落在博尔达广场西侧,在山城任何地方都能看到它。它因玫瑰色的外墙获得"玫瑰石教堂"的美名。它是塔斯科山城的标志性建筑。它和欧洲的巴洛克教堂一样,有两座高高的钟塔矗立在主入口的两侧。但是钟塔和主入口上却满是细腻、精美的墨西哥风格的浮雕。教堂侧面的穹顶与欧洲教堂圣坛上方的穹顶造型相似,但侧立面的拱形墙面及装饰,应当是墨西哥工匠的创造。这座混搭风格的建筑融合了墨西哥与欧洲基督教两种不同的建筑文化。

圣普里斯卡教堂室内金碧辉煌,祭坛用黄金打造,浮雕极其复杂细腻。据说,建造这座教堂用了 12 吨黄金。

1 圣普里斯卡教堂侧立面
2 教堂美丽的穹顶
3 圣普里斯卡教堂室内

圣普里斯卡教堂入口

圣普里斯卡教堂入口浮雕

25 Bolda Square in Front of St. Prisca Church
圣普里斯卡教堂前的博尔达广场

博尔达广场的圆形台地上热闹非凡

圣普里斯卡教堂前面是塔斯科市中心的博尔达广场，四周坐落着咖啡馆、餐厅、酒吧、银器店、旅游商品店。两层高的建筑红筒瓦，白粉墙，西班牙风情十足。广场中央抬高，形成一个圆形台地。台地上有跳舞的、观舞的、聊天的、歇脚的……热闹非凡。台地周边小贩们四处穿梭，兜售各种旅游商品。这里是山城最有人气的旅游中心。

圣普里斯卡教堂前是座
地面抬高的博尔达广场

教堂前面的广场

小贩穿梭叫卖

周边建筑一派西班牙风情

广场周边餐厅、酒吧

Vendors in Taxco

塔斯科的小贩 26

卖草帽、扇子和包包的母女

在塔斯科城的旅游点里,都有小贩叫卖商品,有的小贩甚至是全家出动,分头叫卖。商品以手工编织的草帽居多,还有草编的扇子、包包等商品,色彩鲜艳,价格便宜。不少小贩并没有摊位,一摞帽子高高地顶在头上,扇子、包包挎在胸前,既节省了储藏商品的空间,又兼作了直观的广告宣传。

卖草帽、扇子和包包的小贩

卖草帽的母亲

卖草帽的一家人

27 Mexican Silverware in Hotels
旅馆里的墨西哥银器

墨西哥的银器

墨西哥有"白银之国"的美誉，它的白银产量位居世界之首。墨西哥城西南的塔斯科城是由白银矿区发展而来的城市，号称"世界银都"。在全城 10 万居民中，银匠就有 1 万多人。墨西哥政府规定，每年的 12 月 1—8 日在塔斯科城举办"银器节"，这已成为墨西哥的传统节日。这时，塔斯科全城张灯结彩、载歌载舞、热闹非凡。银店纷纷展示精美银器，争夺"总统金质奖"。

墨西哥的银器制造起源于 16 世纪初期，丰富的矿藏、悠久的历史、精湛的制银工艺让墨西哥的银器闻名于世。宗教祭品、流通货币、民间饰品、高档日用品已成为墨西哥白银成品的发展方向。近年来，墨西哥精美的银器还在北京、上海、广州举办过展览。在墨西哥旅游期间，我们居住旅馆的橱窗内，陈列着几件精美的银器，将它们拍了下来，让读者一饱眼福。

墨西哥的银器

墨西哥的银器

28 World Cultural Heritage—National Autonomous University of Mexico
世界文化遗产——墨西哥国立自治大学

墨西哥国立自治大学中央图书馆外观

墨西哥国立自治大学是一所综合性大学，校区内有40个学院、中央图书馆、奥林匹克体育馆、博物馆、文化中心、音乐厅、植物园和生态保护区。大学主校区于1949年开始兴建。60多位建筑师、工程师、艺术家用3年的时间，联手完成了700万平方米校园的设计建造。这是自阿兹特克时期以来，墨西哥境内最大的建设项目。其中，校长楼、中央图书馆和大学奥运馆是拉丁美洲现代建筑的扛鼎之作。《世界遗产之旅》一书中说，这所大学中的现代主义建筑"融合了都市生活、建筑学、工程学、景观设计等元素，尤其是融入了墨西哥殖民时期之前的传统元素，将社会和文化价值具体形象化，成为现代拉丁美洲意义重大的标志"。

2007年，联合国教科文组织将这所大学列为世界文化遗产时，对其的评价是：现代建筑和城市规划原则的最终目标是提升居民的生活质量，纵观全球，能够全面落实这些原则的建筑工程为数寥寥，墨西哥国立自治大学的大学城就是其中之一。

中央图书馆南墙的镶嵌画

　　墨西哥国立自治大学的中央图书馆是这座大学城的经典建筑，是墨西哥城的文化瑰宝。图书馆由建筑师胡安·欧格曼设计。它约4000平方米的外墙按胡安·欧格曼创作的题为"文化的历史呈现"的壁画，用碎石镶嵌装饰而成。建筑南墙的镶嵌画，以西班牙武力征服墨西哥的历史为主题，表现了外来天主教和墨西哥本土印第安文化之间的激烈冲突。画面上的两个神秘的巨大圆球，暗喻着哥白尼理论、托勒密理论、黄道十二宫和12星座。建筑北墙的镶嵌画，主题是西班牙殖民者到来之前，印第安人看到雄鹰叼着蛇站在仙人掌上的奇异景象后，遵从神的暗示，在特诺奇蒂特兰（即今天的墨西哥城）定居建国的传说。东墙壁画则表现了墨西哥近代史上的一些片段。中央图书馆建筑外墙的巨幅壁画，色彩炫目，气势磅礴，传承了印第安艺术风格，具有强烈的视觉冲击力。

大学奥运馆

校长楼

Blue House—The Former Residence of Female Painter Frida Kahlo
蓝屋——女画家弗里达·卡罗的故居 29

弗里达·卡罗博物馆入口

　　在墨西哥城南部，有一栋被称为"蓝屋"的房子，它是墨西哥著名女画家弗里达·卡罗的家。如今，它已成为弗里达·卡罗博物馆。博物馆的大门外面，清晨就排起了长长的队伍，人们在等待进入博物馆参观。这里已成为墨西哥城的一处著名风景旅游点。

故居院落

故居卧室

院落墙面装饰

弗里达像

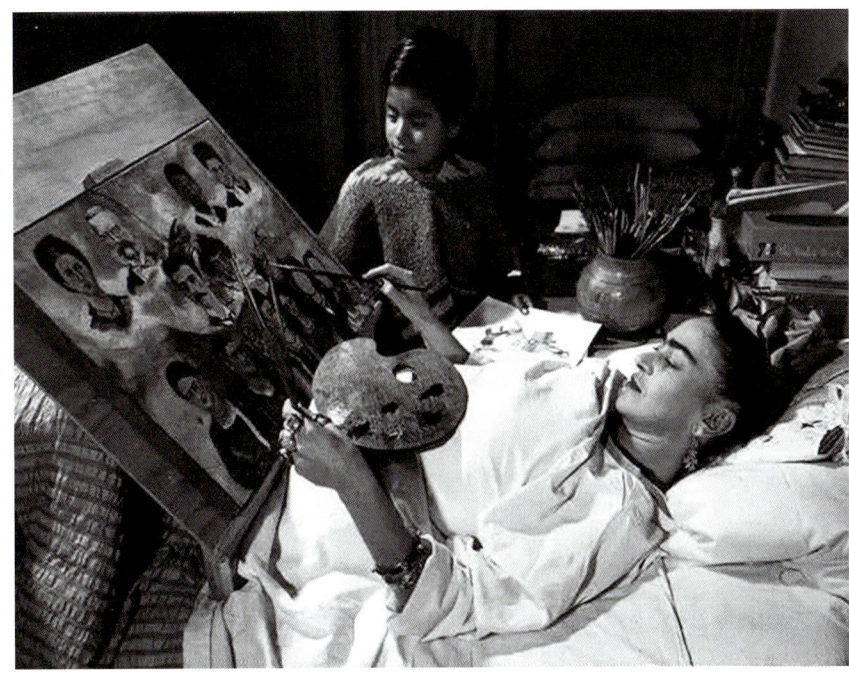

弗里达在床上作画

1907年7月6日，弗里达出生于"蓝屋"。她的父亲是德裔犹太人，摄影师，擅长画画和弹钢琴，母亲是墨西哥的原住民。弗里达身材娇小玲珑，长得十分漂亮，两道浓黑的八字眉几乎连成了一条线。她的一生既支离破碎，又色彩斑斓。弗里达6岁时得了小儿麻痹，致使右腿萎缩。尽管小伙伴们嘲笑她是"木腿"，但她还是学会了游泳、足球、拳击、骑自行车等。18岁时，她又遭遇重大车祸，盆骨破碎，脊椎、锁骨、右腿有11处粉碎性骨折。车祸之后，她经历了33次手术，伤痛令她无以言表，几乎整整一年她都躺在病床上，在石膏的包裹中度日。康复期间，她开始在病床上画画。她的画色彩艳丽，在自画像中融入了她的思想，并用墨西哥的传统艺术方式表达。

有人说她是超现实主义画家，她拒绝了这一头衔。她说："他们认为我是超现实主义画家，但我不是。我从不画梦，我画我自己的现实。"

弗里达和丈夫迭戈·里维拉画像

弗里达自画像

弗里达一生留下150多幅作品,其中三分之一是自画像。法国卢浮宫收藏的第一幅墨西哥画家的作品就是她的肖像画。她曾登上法国时尚杂志的封面,还受到绘画大师毕加索的主动邀请。

1929年,她和墨西哥壁画艺术之父迭戈·里维拉结婚。300磅重的里维拉41岁,比弗里达大21岁,又高又胖,弗里达则又小又瘦,他俩的婚姻被戏称为"大象与鸽子的结合"。

她和里维拉都是共产党员,托洛茨基夫妇还是他们的朋友。在"蓝屋"的墙上,悬挂着马克思、恩格斯、列宁、斯大林、毛泽东的照片,还有一张弗里达在斯大林画像前的自画像。

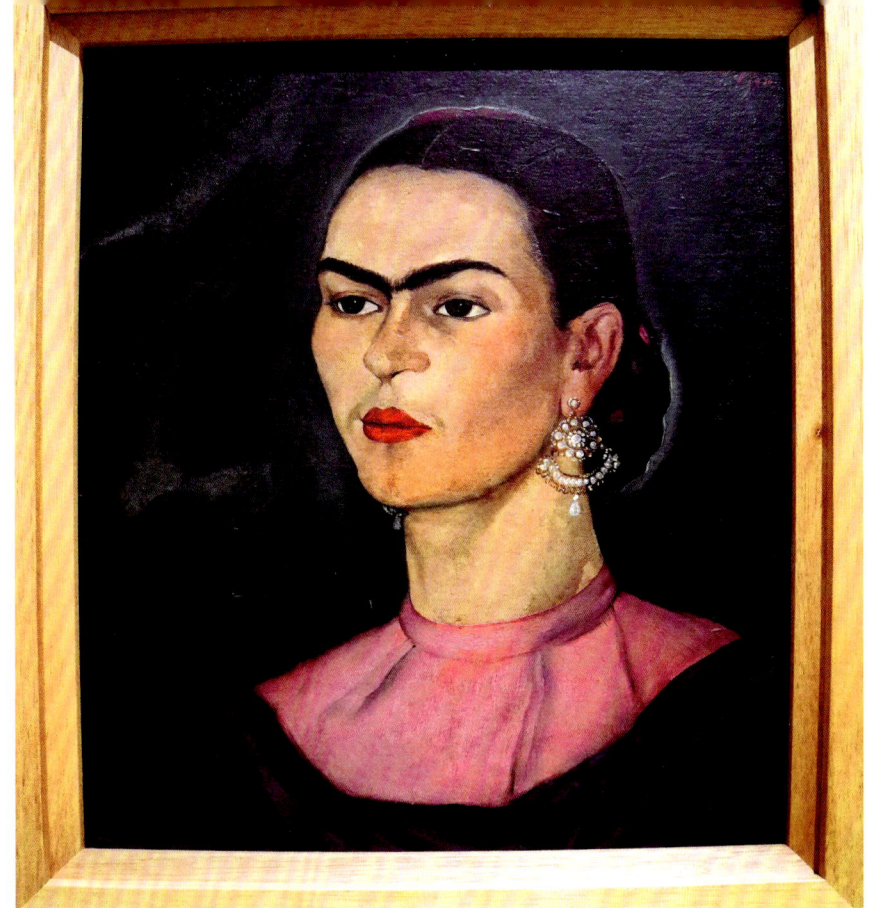

弗里达自画像

弗里达的作品

墨西哥服装展示

里维拉建议弗里达穿墨西哥的传统服饰，弗里达的这一着装特色不仅为她的美丽增色，还受到粉丝的追捧。"蓝屋"还专门布置了一间展厅，展出弗里达漂亮的墨西哥传统服饰。

1953年春天，弗里达在墨西哥开了一次画展，鉴于她极其糟糕的健康状况，医生劝她不要去现场，但是，弗里达还是乘着救护车，拉着警笛，在摩托车的护卫下，睡在担架上被抬进了展场，担架停放在展厅中央。她的崇拜者们簇拥在她的周围向她祝贺，她谈笑风生，唱歌、喝酒，还不失幽默地笑着说："请注意，这是一具活着的尸体。"

弗里达是一位特立独行的人，是一位传奇人物。我很难想象，谁能像她一样，在身心都遭受巨大的痛苦时，还能将自己的人生活得如此辉煌！

1953年，弗里达不得不截肢右腿。1954年7月3日，她在"蓝屋"去世，年仅47岁。她的骨灰存放在"蓝屋"的一个陶罐里。她在日记的最后一页写道："我希望离世是快乐的，我不愿意再来。"在她百年之后，好莱坞摄制了传记片《弗里达》，在2002年威尼斯电影节开幕式展映。

弗里达的作品

弗里达设计的家俱

弗里达的工作室

30　墨西哥国家人类学博物馆
National Museum of Anthropology in Mexico

博物馆庭院中硕大的伞形结构

墨西哥国家人类学博物馆入口

墨西哥国家人类学博物馆建在墨西哥市夏波尔特佩克公园内，展览面积为3.3万平方米，于1964年9月建成。博物馆由建筑师佩德罗·拉米雷斯·巴斯克斯设计，他是20世纪晚期墨西哥建筑师的代表。这座博物馆是栋两层高的建筑。博物馆正立面上有墨西哥国徽的浮雕，展厅围绕在一个矩形庭院的四周。

墨西哥气候炎热，阳光强烈。矩形庭院前半部有一根刻画着墨西哥发展史及文化的铜饰面支柱。27米高的支柱上悬吊着一个54米乘以82米的矩形"大伞"。"大伞"遮盖着大半个庭院。"大伞"的阴影和自支柱四周瀑布般落下的流水，带给庭院一片阴凉湿润。

建筑二层的外墙布满遮阳片，这使室内炎热的环境得到一些改善。不仅如此，二层向庭院悬挑形成的阴影，还为观众提供了在室外休息和出入一层展厅的舒适环境。

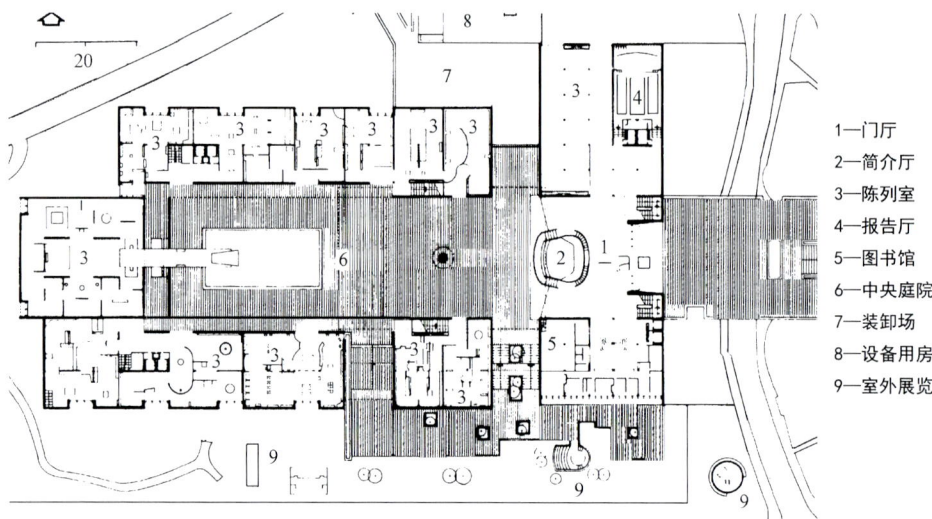

1—门厅
2—简介厅
3—陈列室
4—报告厅
5—图书馆
6—中央庭院
7—装卸场
8—设备用房
9—室外展览

墨西卡展厅中央放着太阳历石和月亮神石

墨西哥国家人类学博物馆的前身是墨西哥国家博物馆。国家人类学博物馆的建立，是与太阳历石的发现、保存与展示有关。在博物馆两层展厅中，陈列着墨西哥大量考古发掘的文物和文化遗存。一层的12个展厅中，展出古印第安人的藏品。二层的10个展厅中，展出印第安人的传统和习俗。美洲大陆的原住民，除爱斯基摩人外，统称为印第安人。古印第安人有很多分支，其中玛雅文明是古印第安人文明的杰出代表。有说法称，大部分印第安人是从亚洲北部迁徙来的，博物馆中的确有尊具有东方人特征的头像。

博物馆一楼的墨西卡厅是博物馆最重要的展厅。展厅最显要的位置上挂着太阳历石，它又被称为"阿兹特克历法"。这是前哥伦布时期，古印第安人对宇宙起源和历法认识的记载。1790年，它在墨西哥城被发现。太阳历石的正前方放着月亮女神寇约尔绍琪的石雕头像。再往前，布置着月亮神石，上面雕刻着墨西卡人辉煌的战史。展厅里还陈列着大地女神寇阿特里魁的雕像，其头部由双蛇组成，裙子是蛇形的。她戴着由断手和人心穿成的项链，又被称为"蛇女"。盘腿而坐的希奇皮里神雕像放置在雕刻着花朵和蝴蝶图案的宝座上。展厅里还有死亡之神的牧师像、玉米女神像和墨西哥市场的群雕。

博物馆二楼是民族学展厅，展示印第安人的家庭、生活、习俗、传统、服饰、工艺品等。墨西哥国家人类学博物馆丰富的展品、生动的展示形成给我们留下了极为深刻的印象。

1 1790年在墨西哥城发现的太阳历石,雕刻着宇宙、太阳的故事和日历符号
2 太阳历石复原图
3 博物馆入口处的墨西哥国徽浮雕
4 月亮女神头像

1 帕卡尔大人墓室中出土的年轻人泥塑头像

2 翡翠丧葬面具表达了玛雅的宗教和习俗

3 "人与上天之间的使者"查克莫尔像

在玛雅厅里,展示着玛雅人的艺术成就和考古遗产。其中,玛雅古典时期的原始陶器、帕卡尔大人墓室中出土的年轻人泥塑头像、表达了玛雅的宗教和习俗的翡翠丧葬面具、"人与上天之间的使者"查克莫尔像、表现当地首领接受一位贵族女子贡品的门楣画碑、玛雅古城卡巴遗址建筑石雕饰面的雨蛇神面具都十分精彩。在玛雅厅外的花园里,还有霍丘布神庙全尺寸的复制品。

玛雅古城卡巴遗址的建筑装饰，其雨蛇神面具的正立面

玛雅厅外花园里的霍丘布神庙全尺寸复制品

玛雅厅中的门楣画碑表现当地首领接受一位贵族女子的贡品

羽蛇神魁扎尔夸特的纪念石碑

1 具有东方人特征的头像
2 大地女神寇阿特里魁，她的裙子是蛇形的，她的头部由两条蛇组成
3 希奇皮里神盘腿坐在雕有花和蝴蝶图案的宝座上
4 古典时期的原始陶器，人们认为这些陶器与崇拜风神有关

1 奥尔梅克的石雕艺术——一个戴着头盔的首领头像
2 玉米是中美洲的基本食物，这是莫西卡的玉米女神像
3 来自南部韦拉克鲁斯的大型神像
4 死亡之神的牧师像

墨西哥湾厅展示了墨西哥湾沿岸的文化。其中，最引人注目的是一尊巨大的石雕头像，这是戴着头盔的奥尔梅克首领的头像。

公元前1200—前600年，奥尔梅克人在墨西哥湾南部定居，他们是杰出的艺术匠人，创作了许多优秀的石雕艺术品。这个厅里有雨蛇神魁扎尔夸特的纪念碑，还有来自南部韦拉克鲁斯的大型神像。

1 托尔特克厅
2 托尔特克厅里的武士画像

托尔特克展厅展示了墨西哥中部高原的托尔特克文明。其中，遗存壁画上的武士像色彩鲜艳，形象生动。

Kabah Relics 卡巴遗址 31

卡巴古城中残留的面具宫殿

　　墨西哥的尤卡坦半岛上有不少著名的玛雅遗址，我们参观了卡巴、乌斯马尔和奇琴伊察三处。卡巴遗址位于半岛的普克地区，"Puuc"来源于玛雅语，意思是山丘。该地区所有遗址的建筑风格类似，其特点是建筑外表图案复杂、过度装饰、华丽精致，建筑大多数建在丛林之中。卡巴在玛雅语中的意思是"铁腕""强大的动力"。卡巴古城修建于700—1000年，面积约有4平方公里。古城除修建了神庙、宫殿、民居外，大部分土地用于农耕。卡巴古城居民最多时有1万人。卡巴遗址距乌斯马尔遗址约20公里，两城之间有一条石子古道相连。这条古道从卡巴的一个大拱门开始，但古道在乌斯马尔的终点至今尚未发现。800—1000年是卡巴的鼎盛时期，后来，它被奇琴伊察的玛雅人短暂占领后又遭抛弃。

卡巴遗址总图

地下水库剖面示意图

羽蛇神宫地下水库的圆形入水口

普克地区属热带气候，11月至次年4月干燥，夏季多雨，和普克地区的其他遗址一样，卡巴缺乏永久性水源，这就造成了对降雨的完全依赖。玛雅人在地下建了地下水库收集雨水。羽蛇神宫地下水库的圆形入水口，建在宫殿主立面的正前方，据推测，它的位置选择应该和一定的仪式有关。入水口四周的地面略向中央倾斜，这样，雨水就流入地下水库储藏起来。

卡巴的大拱门

羽蛇神宫的主宫殿

羽蛇神宫的主营殿

羽蛇神宫的石雕面具外墙

卡巴遗址两层高的主宫殿和羽蛇神宫已经整修开放，其中羽蛇神宫最为著名，它又称面具宫殿。羽蛇神宫建在一座分成两级的高台之上，宫殿的西、南、北三面外墙上，密密麻麻地覆盖着几百个形象粗犷的羽蛇神石雕面具。面具张着血盆大口，圆瞪双眼，鼻子粗壮如大象，给人以极大的视觉冲击力和震撼，让人对羽蛇神的崇拜之情油然而生。但很难想象，当时还在使用石头工具的玛雅人，是如何加工出这些石雕面具的。面具宫殿的东立面风格细腻，石头墙面上装饰着几何图形的石雕花纹，墙上还留下两具石人雕像，据说这是卡巴城统治者的雕像。

羽蛇神石雕面具细部

32 Visit the Maya Carmen's House
参观玛雅人卡门的家

卡门

卡门结婚照

我们对玛雅人现在的生活很感兴趣，导游小王带着我们去参观了玛雅人卡门的家。卡门看上去有40多岁，大大的眼睛，又红又黑的皮肤，壮实的身材，一看就是个能干的家庭主妇。卡门的丈夫身体也很强壮，他们有儿子、媳妇和两个孙女，家里一共6口人。卡门热情地接待了我们，领着我们参观她的家。她家住在一栋新房子里，面积不小，墙面新的湖蓝色粉刷格外鲜亮，墙上除了挂着她和丈夫的结婚照外，没有其他装饰。家里虽然东西不多，但电视机、冰箱、洗衣机、电烤箱、自行车、缝纫机和大立柜这些生活必需品也一应俱全。孙女们拿着小王带去的糖果，有点怕生，又有点好奇地远远地看着我们。有一间房间是卡门在家里编织吊床的工作间，我猜这工作也可以补贴家用吧。

卡门家的院子很大，但院子里除了堆着一些破烂外，还有几处破破烂烂的房子。卡门说那是他们原来的家，现在用作厨房和堆破烂的仓库。谈到新房子时，小王告诉我们那是拉选票的人给的报酬，当然，这样的诱惑力实在太大了。

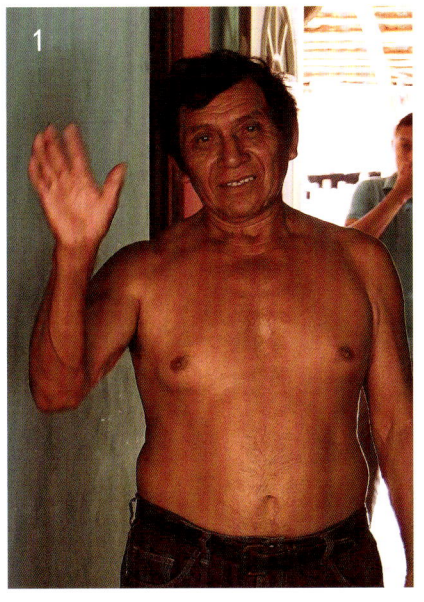
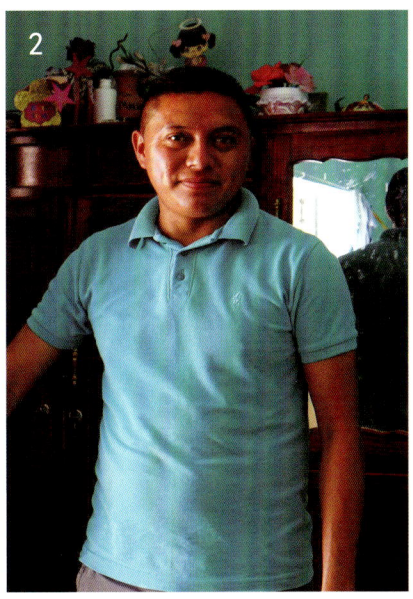

1 卡门的丈夫
2 卡门的儿子
3 卡门的儿媳
4 卡门的孙女

厨房

厨房

库房

新房入口

卡门把原来的住房改成了厨房和库房

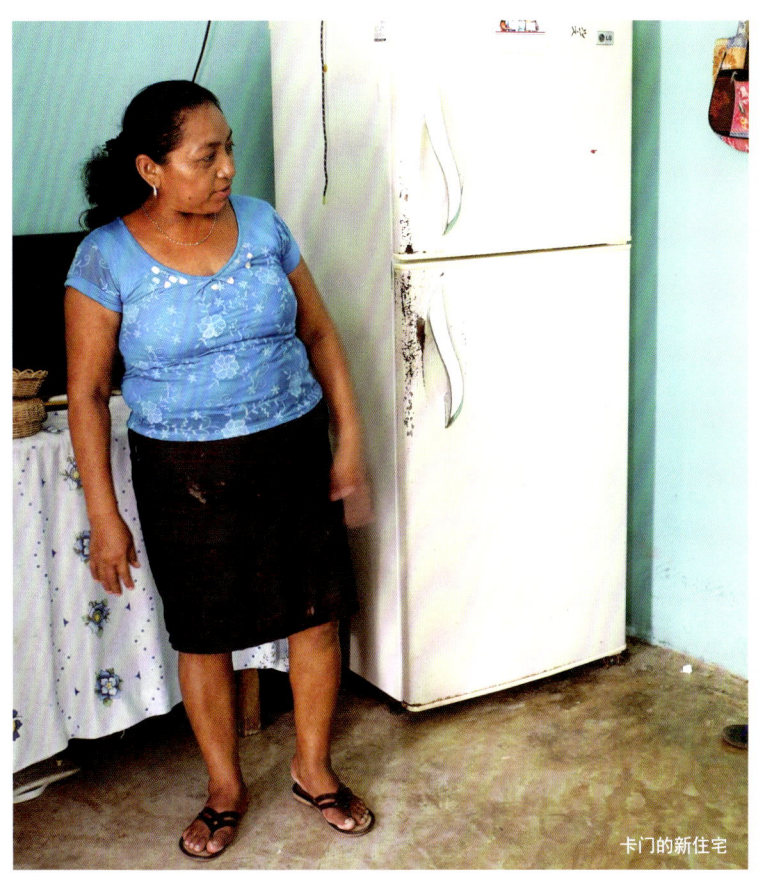

卡门的新住宅

卡门的新住宅

33 乌斯马尔古城遗址
The Ruins of the Ancient City of Uxmal

乌斯马尔古城总平面图

乌斯马尔古城位于墨西哥尤卡坦半岛北部，它的名称直译是"三次重建"。但是，考古学家认为，这里至少被重建过5次。1996年，它被联合国教科文组织列入《世界遗产名录》。乌斯马尔古城建于公元700年左右，当时约有人口25000人。城中的建筑可以追溯到700—1000年，主要建筑有魔术师金字塔、四方修道院、执政者宫殿、大金字塔、乌龟宫、鸽子宫、球场、石碑、墓地群等。建筑布局体现有古代天文学的知识。

魔术师金字塔塔顶寺庙西入口

乌斯马尔的建筑是该地区独有的 Puuc 建筑风格的代表。建筑外表面装饰着大量的玛雅人崇拜的神灵以及动物的大面积石雕，其气势宏大、构图严谨、装饰性强。乌斯马尔被称为最漂亮的古玛雅遗址。

魔术师金字塔东立面景观

魔术师金字塔西立面景观

乌斯马尔古城中38米高的魔术师金字塔（又称占卜者金字塔）是古城进行宗教仪式的中心。关于它名字的来源有许多有趣的传说。其一说女巫施魔术用鸡蛋孵出一个小人，小人一夜间建成了这座金字塔，塔由此而得名。魔术师金字塔的造型不同于其他中规中矩的方形金字塔，它的底面是椭圆形的。而且，金字塔西面的阶梯在每年夏至这一天正好对准西落的夕阳。登塔的阶梯十分陡峭，前面的石阶一共121级，直通顶端平台。后面的阶梯虽然同样陡峭，但阶梯分成3段，每段有平台缓冲。祭司们在塔顶的庙宇里占卜星象，预测未来。执政者宫殿是栋两层建筑，它不是执政者的住宅，而是执政者的办公用房。

魔术师金字塔东南面景观

魔术师金字塔西南面景观

魔术师金字塔周边拱廊

魔术师金字塔周边建筑细部

魔术师金字塔周边建筑细部

魔术师金字塔周边建筑细部

执政者宫殿的外景

执政者宫殿的北立面外景

34 The Pyramid of Courquin in Chichen Itza Symbolizes the Mayan Calenda
奇琴伊察库库尔坎金字塔象征玛雅历法

库库尔坎金字塔正面景观

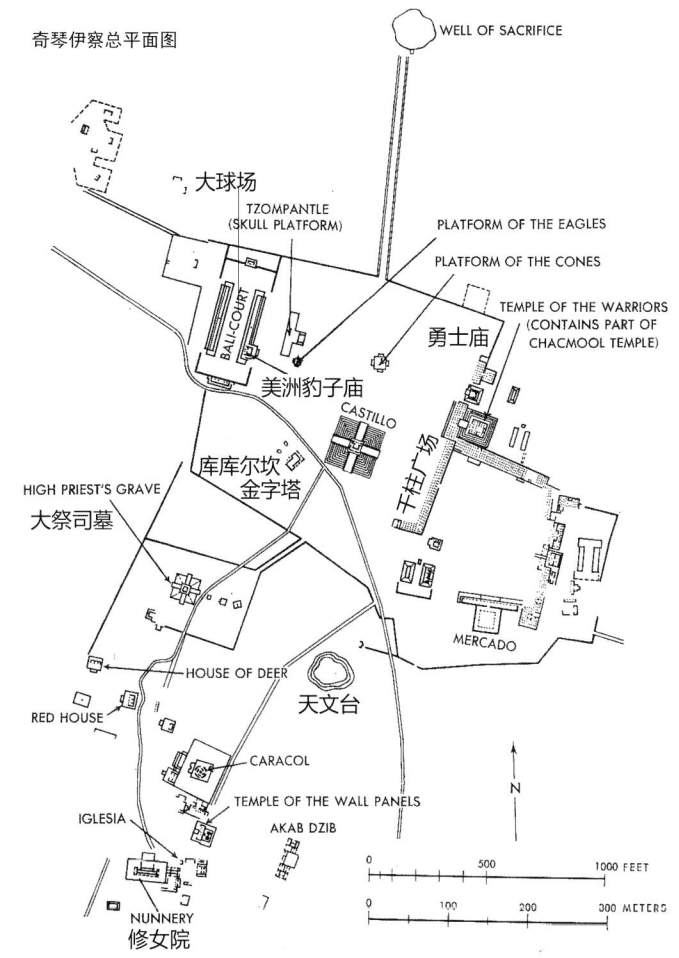

奇琴伊察总平面图

　　奇琴伊察位于尤卡坦半岛北部是已发掘出的玛雅遗址中最著名的一处，又被称为"羽蛇之城"。在玛雅古典时期中期（公元600年前后），它是当地的重要城市。"奇琴伊察"在玛雅语里的意思是"伊察人的井口"，它始建于公元5世纪，在公元7世纪鼎盛时期，其面积达25平方公里。但是，14世纪时，奇琴伊察突然变成一座荒城，至今这仍是未解之谜。玛雅人当年在奇琴伊察建造了20多个不同规模的建筑综合体，现在已经发掘的重要建筑有库库尔坎金字塔、勇士庙、千柱广场、大球场、天文台、修女院等。奇琴伊察于1988年被联合国教科文组织列入《世界遗产名录》，2006年被评为世界新七大奇迹。

库库尔坎金字塔侧面景观

库库尔坎金字塔塔顶神庙

进入奇琴伊察遗址区后,一座巨大的金字塔出现在我们眼前,这就是著名的库库尔坎金字塔。"库库尔坎"的玛雅语意为"羽蛇神"。西班牙人称这座金字塔为"城堡"。体量巨大的库库尔坎金字塔建在奇琴伊察的中心广场上,占地 3000 多平方米,其他建筑布置在它的四周。精心设计的金字塔底面为正方形,每边边长 55.5 米,塔身 9 层,逐层向上缩小。金字塔的四个面都有长长的阶梯通往顶部,四座阶梯分别朝向东、南、北、西。每座阶梯各有 91 级台阶,4 座阶梯共有 364 级台阶,加上最上面平台的一级一共 365 级,这正好是太阳年一年的天数。除此之外,金字塔每个侧面都装饰着 52 片雕刻精美的石板,52 这个数目恰巧是玛雅人的历法周期,因为他们相信天国的神每 52 年会回来一次。

据资料介绍,每年春分和秋分的日落时刻,北面一组台阶的边墙会在阳光照射下呈 7 段等腰三角形,连同底部雕刻的蛇头,宛若一条巨蟒向大地游动,象征着羽蛇神在春分时苏醒,爬出庙宇,秋分日再回到庙宇。这个神奇的景象整整持续 3 小时 22 分,分秒不差。这座金字塔顶部还建有供奉羽蛇神的庙宇,玛雅人认为羽蛇神是天神和雨神的化身,可以带来风调雨顺。

35 The Jaguar Worship of Indian Tribes
印第安部落的美洲豹崇拜

美洲豹石雕

　　奇琴伊察美洲豹子庙坐落在库库尔坎金字塔东北，依附在大球场的东墙外。如今，美洲豹子庙只有前面的3间门廊向游客敞开，门廊中间站立着美洲豹的石雕像。美洲豹又名美洲虎，是美洲特有的食肉目猫科动物，集凶猛与灵敏、冷酷与华贵于一身。墨西哥及南美洲的印第安部落都广泛存在美洲豹崇拜，阿兹特克人把美洲豹看成武士的象征；玛雅人认为它是政权传承的载体；而奥尔梅克人认为人若化作美洲豹，便可以进入自然界黑夜的一侧。

　　在库库尔坎金字塔下面，覆盖着一座红色美洲豹旧神庙，里面有一个彩色美洲豹王座。

老鹰吞噬人类心脏的石雕

美洲豹子庙近景

美洲豹子庙远景

36 The Ball Game is the Prelude of the Maya Offering Gifts to God
球赛是玛雅人向神献礼的序幕

球场

球门

  库库尔坎金字塔西北是美洲豹子庙和大球场。这个球场，迄今为止，是玛雅人在中美洲建立的最大的球场。球场 168 米长，70 米宽，两侧的墙各 7 米高。球场两端分别是首领看台和贵族看台，两侧是群众看台。

  玛雅人的球赛并不是体育活动，而是一种宗教活动，是向神献礼的序幕。比赛时，两队各派 7 名武士上场，争抢一个藤球，将球撞入墙上高悬的石圈内，进球多者为胜。获胜一方的队长将获得一种荣耀：被斩首祭祀，挖出心脏，作为祭品献给恰克摩尔神。在球场基座的石雕中，有雕有骷髅头的球，还有单腿跪地的武士被砍了头、脖子上的血喷射而出的石雕——它记述了这个残酷仪式的人祭场景。球场旁边有一座镶满骷髅头石像的神殿基座遗址，据说遗址上那些骷髅头就是球赛胜利者的头像。

首领看台

贵族看台

胜利者神殿基座的遗址

球中有骷髅形象的石雕

球场看台基座上武士被砍头的石雕

Chichen Itza Warriors Temple and Qianzhu Square
奇琴伊察勇士庙和千柱广场 37

羽蛇神和恰克摩尔神石雕像

　　库库尔坎金字塔东北是勇士庙和千柱广场。勇士庙建在 10 米高的基座上，宽 40 米，按照托尔特克首都图拉的一座神庙而建，它的入口处是仰卧的恰克摩尔神和羽蛇神的石雕像。勇士庙的南侧有一大片石柱，形成千柱广场。相传这里原本是巨大的宫殿，后来成为奇琴伊察的商业中心。如今，只留下一排排石柱向人们展示它曾有过的辉煌。

千柱广场

奇琴伊察勇士庙

奇琴伊察勇士庙上层羽蛇神石雕像

38 名为蜗牛的奇琴伊察天文台
The Astronomical Observatory Called Snail in Chichen Itza

天文台遗址

天文台坐落在修女院的北侧,西班牙人称其为"蜗牛"。此名来源于室内的螺旋状石头楼梯。这座楼梯是进入天文观察室的垂直交通,大约建于托尔特克时期。天文台建有一座13米高的观测塔,塔内有许多小窗口,用于观测星体的移动。它的门设计在可以观察春季昼夜平分点、月亮最大南北倾斜及其他天文现象的位置。太阳照射在门上时,玛雅人以屋内所形成的阴影来判断夏至与冬至的到来。在天文台室外放置着很大的石头水缸,玛雅人在里面装上水,并通过水的反射现象来观察星宿,以确定相当复杂但极为精确的日历系统。

39 Puuc-Style Convent of Chichen Itza
普克风格的奇琴伊察修女院

修女院遗址

　　修女院是一组建筑群，坐落在奇琴伊察南部，建在一座9米高的平台上。西班牙人到达时，认为这些是为修女修建的房间，故称它为"修女院"。其实，这里是玛雅时代的政治中心，是政府宫殿，是王室成员的住所。

　　建筑群东边有一座不大的庙宇，绰号"教堂"。修女院是一组精美的普克风格建筑群。它的外观装饰着羽蛇神面具和各种纹饰。修女院的建筑有极高的艺术价值。

修女院东侧入口。建筑属于普克风格，中央入口的上方有一个坐着的人形图案，这是对太阳的拟人化象征

修女院东侧入口上方的人形图案

普克风格的"教堂"是奇琴伊察最美的建筑之一

"教堂"侧面景观

"教堂"石雕细部

40 Stone Carving Details of Chichen Itza Architecture
奇琴伊察建筑石雕细部

老鹰吞噬人类心脏的石雕

老鹰、武士和蛇

羽蛇神的头

恰克摩神石雕像

41 A Wonderful Mexican Song and Dance in Cancun
坎昆·一场精彩的墨西哥歌舞

在坎昆剧场观看墨西哥歌舞表演

玛雅武士与藤球

玛雅人的球赛

球赛获胜队队长将被斩首祭神

西班牙人入侵墨西哥

印第安人的生活

玛雅人歌舞

墨西哥歌舞

墨西哥歌舞

墨西哥歌舞

墨西哥歌舞谢幕

Part2 古巴 Cuba

The Visual Image of Cuba

古巴视觉意象 42

　　古巴是北美洲加勒比海北部的群岛国家。1953年，菲德尔·卡斯特罗领导了古巴革命并取得胜利，古巴成为社会主义国家，也是北美洲唯一一个社会主义国家。古巴以20世纪60年代的"猪湾事件"和"古巴导弹危机"闻名于世。在古巴，所有的人都是分配房屋，分配工作，月薪大约30美金。由于美国的经济制裁，古巴这些年物资短缺，食品和生活用品都要凭票供应。古巴的经济情况与中国20世纪80年代改革开放前的困境差不多。

　　古巴人的平均寿命是78.3岁，识字率为99%，这使得古巴多年的人类发展指数达到极高的水平。古巴实行全民免费教育制度，古巴的教育水平居世界前列。古巴实行全民免费医疗制度，古巴的医药水平也居世界领先地位。

43 Old Havana City—Treasure House of Architectural Art
哈瓦那老城区——建筑艺术的博物馆

莫罗城堡对岸的哈瓦那市容

　　2016年，我们在古巴旅游的首站是古巴首都哈瓦那。哈瓦那始建于1515年，有"加勒比海明珠"之称。诺贝尔文学奖得主海明威曾赞誉它是世界上最美丽的城市之一。哈瓦那是西班牙殖民时期发展起来的城市，人口200万，由老城和新城两部分组成。老城保存着许多不同年代、不同风格的建筑，被称为建筑艺术的宝库。1982年，哈瓦那老城及其防御工事被联合国教科文组织列为世界文化遗产。我们入住的旅馆就在老城，这让我们观赏、拍摄周围那些老建筑十分方便。

古巴科学院

哈瓦那老城区有一栋酷似美国国会大厦的建筑，这栋建筑建成于1929年，新古典主义风格，它曾经是古巴的国会大厦，现在是古巴科学院所在地。大厦亮眼的白色、巨大的体量、精致的造型使它成为哈瓦那的标志性建筑。国会大厦高耸的拱顶成为老城区优美天际线的点睛之笔。十分遗憾的是，由于时间有限，我们没能进入大厦参观。

哈瓦那艾丽西亚·阿隆索大剧院

古巴国会大厦北侧是哈瓦那大剧院，亦称加利西亚宫，1838年开始启用。大剧院是欧式古典建筑风格，造型典雅，建筑转角处有高高的塔楼，塔楼顶上是圣女莫妮卡的雕像。大剧院共有1500个坐席，这里是哈瓦那国际艺术节的举办地，也是古巴芭蕾舞团的排练场和演出地，许多世界知名艺术家都曾在这里表演过。自2013年起，大剧院进行了为时3年的整修。2016年1月1日大剧院重新以古巴国宝级艺术家、世界著名芭蕾舞大师艾丽西亚·阿隆索的名字命名并重新开放。

艾丽西亚生于1921年，9岁开始学习芭蕾舞，20岁时由于眼疾导致双眼半盲，但她以顽强的毅力坚持芭蕾舞蹈表演，直至70岁仍登台演出。她筹建了古巴国家古典芭蕾舞团。艾丽西亚享年97岁，被称为"百年舞者"。

超级豪华的哈瓦那曼扎纳大饭店

哈瓦那老城区建筑

古巴红十字会建筑

哈瓦那老城区建筑鸟瞰

哈瓦那圣弗朗西斯科主教堂及修道院

哈瓦那主教堂的全称是圣弗朗西斯科主教堂，它是罗马天主教哈瓦那总教区的主教堂，也是古巴哈瓦那旧城主教堂广场最突出的建筑。这座巴洛克风格的教堂由耶稣会始建于15世纪末期，重建于1730年，1739年又扩建了修道院。教堂内供奉圣母像。教堂的钟楼高38米，在钟楼上可以鸟瞰哈瓦那的全景。修道院现在是宗教艺术博物馆。

44 Revolution Square of New Town Great Hawala
巨大的哈瓦那新城革命广场

古巴民族英雄何塞·马蒂的纪念碑和雕像

古巴革命广场原名公民广场，是在古巴前总统富尔亨西奥·巴蒂斯塔任期内修建的。广场的面积达72000平方米。1959年广场完工时，正值古巴革命成功，公民广场便更名为革命广场。

革命广场建在哈瓦那新城区，广场的主要建筑是一座109米高的何塞·马蒂纪念碑，碑内有电梯通顶。纪念碑前有18米高的古巴民族英雄何塞·马蒂的雕像。纪念碑后面是菲德尔·卡斯特罗的办公建筑革命宫。

内务部、邮电部、国家图书馆等建筑围合在广场四周。革命广场是古巴许多政治游行的举办地，也是古巴政治人物经常发表讲话的地方。菲德尔·卡斯特罗曾多次在此对100多万人发表演讲。

古巴内务部大楼上的切·格瓦拉头像，右下角是格瓦拉的格言："永远向胜利前进！"

古巴革命广场周边有几栋建筑，各自沿着建筑前面的道路布置，相互之间没有轴线关系，也没有专门设计。但是，纪念碑对面的内务部及邮电部墙面上的两个巨大金属画像却极其引人注目。内务部墙面上是切·格瓦拉的头像。他是古巴共和国和革命武装力量的主要缔造者和领导人之一，头像下面用西班牙语写着格瓦拉的格言"永远向胜利前进"。

古巴邮电部大楼上有古巴民族英雄、革命军领袖卡米洛·西恩富戈斯头像

邮电部大楼墙面上是卡米诺·西恩富戈斯的头像。他当年和卡斯特罗共同领导了古巴革命。他的头像下面写着"干得不错，菲德尔"。除此之外，只有高大的纪念碑坐落在广场上，没有其他任何装饰。朴素的水泥地面，简朴的现代办公建筑，这是古巴革命政府一贯保持的朴素作派。

但是，当我一回头时，竟发现几辆花花绿绿的老爷车出现在广场上，这是供游客们观光的出租车。革命气氛和鲜艳的老爷车就这样把历史和当下混搭在了一起。

古巴内务部大楼

古巴何塞·马蒂国家图书馆

45 莫罗城堡点火仪式传承 200 多年
The Lighting Ceremony of Moro Castle Has Been Preserved for More Than 200 Years

莫罗城堡和城市

莫罗城堡灯塔

1555年,法国海盗克·德·索尔斯洗劫了哈瓦那,为了保护哈瓦那的财产安全,1589—1630年,西班牙人在哈瓦那湾入口处修建了莫罗城堡。城堡坐落在一片海滨陡岩的上方,3米厚的城墙、深深的护城河,使城堡成为文艺复兴时期军事建筑的典范。城堡修建之后,哈瓦那变得坚不可摧。但是,1762年,莫罗城堡遭受了英军的围攻,44天后,哈瓦那被英军从陆路攻占。之后,在近一年的时间里,西班牙都无法收回哈瓦那,只得用墨西哥湾的佛罗里达地区作为交换条件,重新换回了哈瓦那。1844年,城堡兴建了一座著名的灯塔。1982年,这座城堡和哈瓦那老城区被联合国教科文组织列为世界文化遗产。如今,莫罗城堡被改为航海博物馆。

莫罗城堡外景

莫罗城堡入口

莫罗城堡的点火仪式

　　莫罗城堡每晚9点都要关闭城门,举行点火仪式,这是从200多年前就流传下来的传统,是提醒民众提防海盗的信号。如今,点火仪式已成为哈瓦那旅游观光的节目。为了观看点火仪式,晚饭后我们匆匆赶往莫罗城堡。到达城堡时,城墙上已经站着一队身穿白色传统戎装、手持毛瑟枪的士兵,其中两个士兵举着火把,点燃了篝火。城墙上也站满了观众,我们刚想到城墙上去,就听见急促的小鼓声——指挥官在发号施令了,紧接着,"嘭"的一声闷响,游客们欢呼雀跃,点火仪式宣告结束。虽然我们没能在城墙上近距离观看点火,有点遗憾,但也没有白来,大家赶紧和城内的士兵合影留念。

莫罗城堡夜晚灯火辉煌

莫罗城堡夜晚等待载客的马车

莫罗城堡环境

46 A Rum Museum Converted from the Count's Manor
一座由伯爵住宅改建的朗姆酒博物馆

朗姆酒博物馆入口处的雕塑

世界上久负盛名的朗姆酒原产地在古巴。这种酒以甘蔗蜜糖为原料，制成甘蔗烧酒后装入白色橡木桶，再经过多年的精心酿制而成。

哈瓦那的朗姆酒博物馆是由蒙特拉伯爵的私人住宅改建的。这是一栋有着18世纪殖民风格、带有庭院的三层建筑。庭院四周的环廊内，布置着酿制朗姆酒的古老设备。庭院旁边的房子就是博物馆的展厅。展厅里有个传统朗姆酒厂的巨大模型，模型做得十分逼真，观众可以在楼上鸟瞰酒厂全景。周围展室还展出生产朗姆酒的设备，展出描写现代朗姆酒生产规模的图画和模型。

参观结束后大家纷纷品尝、购买朗姆酒。这是一种将介绍朗姆酒的知识与销售朗姆酒相结合的博物馆模式。

朗姆酒工厂模型

朗姆酒工厂模型

朗姆酒装桶

朗姆酒加工重现

朗姆酒加工车间图画

朗姆酒销售处

当年加工朗姆酒的设备

47 Hemingway's Former Residence in Cuba—Finca Vigía
海明威的古巴故居——瞭望山庄

毕加索送给海明威的挂饰

普利兹克奖和诺贝尔文学奖得主海明威 1899 年出生于美国芝加哥。他于 1932 年来到古巴居住。

他之所以选择住在古巴，是因为古巴离他所描写的大海最近。起初，他住在哈瓦那老城的双世纪酒店，在距莫罗城堡不远的海面上垂钓。据说，他后来用《丧钟为谁而鸣》的一部分稿费，买下了瞭望山庄。这座房子位于圣弗朗西斯科·德·波拉市一座山的山顶。1932—1961 年，海明威一直住在这里。

海明威故居入口

起居室

卧室

餐厅

瞭望山庄如今已经成了海明威博物馆和旅游景点。故居内的家具与摆设都保持着原样，艺术品原封不动，毕加索赠送的公牛挂饰还挂在墙上。海明威用过的拖鞋仍放在床边，老花镜仍放在床头柜上。

这里的每个房间内都有书，连厕所也不例外。海明威的9000册藏书很珍贵，有的是很老的版本，有的是稀有版本。而且，海明威还在书的空白处作有旁注，记录了他的活动和大量的资料。在地下室里大约有2000封信，3000多张照片。

故居的起居室、书房、卧室、餐厅和地下室都不能进入，但可以站在门口和窗口张望或拍照。

四层高的写作塔楼

　　在瞭望山庄主要建筑的外面,还有一座四层高的塔楼,海明威原来打算在这里独处,登高望远或写作。但是据说塔楼太过安静,而海明威想听到家里的各种声音,所以很少在塔楼写作,塔楼成了他心爱的猫的住处。塔楼二层还陈列着学生们画的《老人与海》的画。三层陈列着他的捕鱼纪念品。瞭望山庄的游泳池旁边有几个海明威爱犬的坟墓。他的渔船皮拉尔号,也在游泳池附近展出。

书房

《老人与海》这部获得普利兹克奖和诺贝尔文学奖的作品就是在瞭望山庄创作的。海明威伏案创作时的真实心情我们已无从知晓，但透过《老人与海》中那个名叫桑提亚哥的倒霉而又倔强的老渔翁，我们能感受到海明威那种"一个人可以被毁灭，但不能被打败"的人性坚强。读到桑提亚哥在大海中与大马林鱼、鲨鱼苦苦鏖战，拼死也要把大马林鱼捕获拖回时，我想这就是人活着并在证明自身存在的价值。鏖战搏斗可能没有结果，但人生恰恰是在搏斗与抗争中获得新的意义！

海明威已经故去。但是他在《老人与海》《太阳照样升起》《永别了武器》等作品中给我们留下了宝贵的精神财富。人生就是大海，既有风平浪静，也有波涛汹涌。风浪中，平静中，都会有快乐与痛苦相伴。我们大多数人都是平凡的人，人生不如意事十之八九，但正如海明威在书中说的："只要你不计较得失，人生还有什么不能想法子克服。"

海明威的渔船皮拉尔号

动物模型

海明威爱犬的坟墓

48 The Moving Museum of Classic Cars
行驶中的老爷车博物馆

老爷车当出租车　与老爷车司机合影

停车场的老爷车

路边停放的老爷车

在古巴，尤其是在哈瓦那的大街小巷，身为古董、款式多样的老爷车随处可见。老爷车也称古典车，是文物，是博物馆的展品，或是私人的珍藏。但是在古巴，它们是正在使用着的交通工具。这是我们在世界各地从未见过的奇观，它是古巴的一道独特风景线。古巴就像一座"行驶中的老爷车博物馆"。但是，老爷车在古巴怎么会"沦落"成出租车或私家车呢？

现在古巴的老爷车大约有7万辆，大多是20世纪五六十年代的产品。1959年古巴革命前，古巴一直进口美国的汽车。古巴的老爷车除了美国的福特、雪佛兰、道奇外，还有德国的大众，苏联的拉达，捷克的斯柯达和法国的标致等品牌。古巴革命胜利后，古美两国断绝了外交关系。从1962年开始，美国对古巴实施经济制裁，全面封锁，停止出口，古巴国内对汽车进出口和购买进行限制，这就是五颜六色、造型别致的老爷车还在古巴街头闪亮登场的原因。

旅游点的老爷车

至今，距1962年的制裁已经快60个年头了，这些"高龄"的老爷车为何还能跑得动呢？据说因为制裁、限购和生活的需求，不仅少数老爷车保养得很好，能原装原配地行驶，同时还造就了大批修车达人，他们能拆东墙补西墙，能自制零件，能混搭老爷车的"内脏"，还能保持老爷车靓丽的外观，让它们以明星的姿态超期服役。

如果能坐在老爷车上拍张照，该是很酷的事。可惜，当时只顾给老爷车拍照，把合影的事儿给忘了。

旅游点的马车

载人三轮车

运货三轮车

机动二轮车

在古巴的大街上，还有能载人、能运货的三轮车，有像玩具一样的小黄车和专为游客乘坐的马车。

49 Islamic Building Style of Bayi Palace Restaurant
巴依宫餐厅的伊斯兰建筑风格

巴依宫餐厅

　　导游带我们去参观巴依宫时，我们以为是去参观一座宫殿，但其实它是一家清真菜馆。"巴依"二字让我联想到北京的新疆美食餐厅"巴依老爷"。"巴依"（bay）源自突厥语，语义为"富裕的"。这座巴依宫是座两层高的建筑，它的外观和室内装饰都是伊斯兰风格，这在古巴实属罕见。

　　如果将巴依宫和西班牙的阿尔罕布拉宫进行比较，可以看出，巴依宫的两层外廊也是由连续的拱门组成的。这些拱门上也有马蹄券、双圆心尖券、花瓣券等。它的檐口、墙面的植物花饰也与阿尔罕布拉宫的装饰相似。进入巴依宫后，墙上、拱门上、吊顶的植物图案，石膏花饰，墙裙的彩色瓷砖贴面，柱头的钟乳拱都是伊斯兰建筑的特征。

　　巴依宫是古巴的一栋地道的伊斯兰风格建筑。

阿尔罕布拉宫狮子院（袁朵 摄）

巴依宫餐厅入口

巴依宫餐厅室内

1 巴依宫餐厅拱脚及柱头装饰
2 巴依宫欧式和伊斯兰风格混搭的门洞
3 巴依宫餐厅室内地面花饰

　　古巴并不是伊斯兰国家，它长期以来是西班牙的殖民地，从巴依宫室内门洞的式样、马赛克镶嵌的地面图案，都可以见到欧式建筑的影子。可见，古巴的工匠们在建造伊斯兰风格的建筑时，混搭进了他们熟悉的欧式式样。而且，他们的混搭作品主打风格突出、不同风格和谐共处。巴依宫不失为一座美丽的伊斯兰建筑。

阿尔罕布拉宫拱脚处的
钟乳拱装饰（袁朵 摄）

巴依宫餐厅室内装饰

50 Humboldt National Park
洪堡国家公园

洪堡国家公园的景色

洪堡国家公园内化妆展示的土著形象

　　洪堡国家公园位于古巴东部，核心区保护面积为693.41平方公里。1800—1801年，气象学、地貌学、火山学和植物地理学的创始人、德国著名科学家亚历山大·冯·洪堡在当地进行过访问和考察。公园的名字便以他的名字命名。

　　洪堡国家公园的地质环境复杂，在中新世至更新世的冰川时期是许多生物的避寒所，因而成为全球物种最多样的地区之一。更特别的是，这里许多地下岩石都有毒性，植物必须演化使其足以在如此严峻的环境下生存，因而这里发展出特有的新物种，成为研究生物适应环境与演化的最佳地点。2001年，洪堡国家公园被列入《世界遗产名录》。

　　据资料统计，洪堡公园包含古巴记载的28种植物群系中的16种陆地植物。在公园不完全植物林名单中，包括1302种种子植物，145种蕨类植物，其中405种是古巴特有的，343种只适合在该地区生存。公园内拥有古巴国内最丰富的动物群，拥有10种哺乳动物、95种鸟类、45种爬行动物、21种两栖动物和91种昆虫。

洪堡国家公园内就地取材的建筑

洪堡国家公园内牛的品种与众不同

洪堡国家公园内的土著当年生活环境

51 Picturesque Scenery During the Trip to Santa Clara
去圣塔克拉拉途中风光如画

途中风光之一

途中山川风光

农村风光

途中风光之二

52 World Cultural Heritage—Cienfugos City Historic Center
世界文化遗产——西恩富戈斯城区历史中心

西恩富戈斯市政厅

　　西恩富戈斯是古巴西恩富戈斯省的省会，是古巴中部西恩富戈斯湾东北岸的主要港口城市，距哈瓦那 250 公里，有"南部珍珠"之称。这座古城始建于 1819 年。虽然当时这里是西班牙的殖民地，但最初在这里定居的是法国移民，所以它被法国和西班牙殖民者打造成具有法国风情的小镇。1825 年，一场飓风将这座城市毁坏，后来，它被重建为一座现代化城市。2005 年，西恩富戈斯城区历史中心被联合国教科文组织评为世界文化遗产。历史中心那些最引人瞩目的建筑大都坐落在何塞·马蒂公园四周。这座小城有种清新、清爽、小巧、平静、含蓄、不张扬的浪漫氛围。

西恩富戈斯市圣母大教堂

西恩富戈斯被评为世界文化遗产的意义何在呢？世界遗产委员会的评价如是说：西恩富戈斯殖民小镇于1819年建在西班牙领土上，但最初在此定居的却是法国移民。这里是一个甘蔗、烟草和咖啡贸易中心，位于古巴甘蔗、芒果、烟草和咖啡生产中心——中南部的加勒比海岸。始建风格为新古典主义，随后风格有所折中，但仍保留了和谐统一的小镇风貌。小镇最引人瞩目的建筑是市政厅、圣洛伦索学校、教区、费雷罗宫，前文化宫和一些住宅。西恩富戈斯是19世纪拉丁美洲发展起来的建筑群中的一个杰出的典型，它体现了城市规划中现代化、卫生和秩序的新观念。

何塞·马蒂公园旁纪念古巴独立的凯旋门

何塞·马蒂公园内古巴诗人、民族英雄、思想家何塞·马蒂雕像

西恩富戈斯市圣洛伦索学校

西恩富戈斯市街景

何塞·马蒂公园

53 The Thomas Terry Theatre in Cienfugos
西恩富戈斯托马斯·特瑞剧院

托马斯 · 特瑞剧院

在西恩富戈斯历史城区，有座淡黄色与白色相间的建筑，它外观清新，造型简洁别致，虽然少有装饰，但依然典雅浪漫，这就是托马斯 · 特瑞剧院。剧院建于1895年，由托马斯 · 特瑞出资修建，并以他的名字命名。托马斯 · 特瑞是一个古巴蔗糖商，他从委内瑞拉移居古巴时还一贫如洗。他凭借自己的智慧赚钱发迹后，建了这家剧院回报社会。世界上不少著名的乐团和芭蕾舞团，不少著名歌星、钢琴家、舞蹈家都在这里演出过，剧院至今还悬挂着这些明星们的相片和演出海报。

剧院门厅的装饰比较简朴，剧院3层高的观众厅装修大气，富有文化气息。观众厅的舞台是装饰的重点，舞台台口上精致的浮雕与音乐和艺术息息相关。观众厅天花是幅精美的油画，历经100多年的岁月，依然光鲜亮丽，清晰可见。

剧院门厅

剧院演出海报

剧院舞台

观众厅

World Cultural Heritage—Trinidad
世界文化遗产——特立尼达 54

特立尼达城市中心花园及教堂

特立尼达位于古巴中部埃斯坎布拉伊山脉南麓，在安康海滩附近，距离大海仅几公里之遥。特立尼达是哥伦布部将迪戈·贝拉斯克斯于1514年在古巴创建的第三座殖民城市。特立尼达城东的洛斯印海尼奥斯谷地，土地肥沃，被开发成上等的甘蔗种植园，它的甘蔗产量占古巴甘蔗产量的三分之一，榨糖业也随之兴起。食糖和奴隶贸易的繁荣促使特立尼达的城市建设欣欣向荣。然而，《孤独星球，古巴》里说道，"特立尼达这个小镇在1850年入睡，至今没有醒来"。时至今日，特立尼达还完整地保留着16—19世纪的建筑，我们在这里可以看到500年前殖民城市的风貌。所以特立尼达被称为"活着的城市历史博物馆"。特立尼达与洛斯印海尼奥斯多个糖厂于1988年被联合国教科文组织评为世界文化遗产。

特立尼达城市中心花园马约尔广场周边

特立尼达城市的中心是马约尔广场。马约尔广场与其他城市广场不同，由四周建筑围合的广场并没有空旷的场地，而是被铸铁栏杆分隔成 4 块绿地。每块绿地除植物外还有坐椅和雕塑，这种人性化的设计，适合当年小镇居民日常散步休息。广场正面坐落着巴洛克风格的大教堂，周围是 17—18 世纪建造的大宅院。如今，当年的小镇成了旅游城市，大宅院已经转型成了博物馆和画廊。特立尼达的街道还是当年的模样。狭窄的街道，鹅卵石铺地。街道两侧房屋低矮，不少还是新古典或巴洛克式样。有的房屋白墙、红瓦、坡屋顶，仍然保持着西班牙建筑风格。它的建筑被殖民者打上了他们家乡建筑的烙印。特立尼达还有"色彩之城"的美名，不少建筑被刷成了糖果色，让游客感受到城市的温馨和主人的热情。

特立尼达的街道鸟瞰

特立尼达多彩的街道

特立尼达的街道

特立尼达的街景

小商店

民居室内

旅游品商店

旅馆门厅

A Resident of Trinidad 55
特立尼达的居民

期盼平安

含而不抽

等待生意

干活之后

居家养老

Tourists in Trinidad
特立尼达的游客 56

在日落前交流聊天

等待海上日落

古巴青年

遇见古巴熟人

欣赏大峡谷风光

走街串巷游古巴

Cuban Girls 古巴女生 57

等爸爸妈妈回家

云尼斯山谷晒烟叶的女工

古巴女孩的美发

女人的手上装饰

Tobacco Plantation and Cigar Factory Around Yunnis Valley

云尼斯山谷烟叶种植及雪茄烟工厂

58

云尼斯山谷的烟叶种植园

卡斯特罗说："古巴的雪茄是最好的雪茄。"丘吉尔说："我的一生，大约抽过10万支古巴雪茄。"肯尼迪说："等我存够了古巴雪茄，再经济封锁古巴。"

由此可见，古巴雪茄在全世界的地位。全世界公认古巴云尼斯山谷的雪茄是最好的雪茄，因为古巴云尼斯山谷特殊的小气候和肥沃的红土最适合雪茄烟叶的生长。

在云尼斯山谷放眼一望，到处都是雪茄烟叶的种植园。我们参观了一座小型雪茄烟加工厂，它最主要的厂房就是晾晒风干雪茄烟叶的车间。烟叶要风干、发酵、老化，一般要经过4年才能卷制雪茄烟。工厂的老板向我们演示了雪茄烟的卷制过程。他用3种烟叶按不同的比例混合制成不同风味的烟心，卷好烟后，再切割成型。

古巴雪茄共有32个品牌、300多款。每个品牌、每款雪茄都有自己特殊的味道。

云尼斯山谷的雪茄烟工厂外景

雪茄烟工厂挂晒的陈年烟叶风干、发酵

雪茄烟工厂女工挂晾新鲜烟叶

制作手工雪茄烟表演

雪茄烟工厂的老工人

59 Indian Prehistoric Fresco in Yunnis Valley
云尼斯山谷印第安史前生物的壁画

云尼斯山谷的史前生物的壁画

  云尼斯山谷的这幅壁画，是画家冈萨雷斯于1961年在山崖上画的描写史前生物的壁画。

  壁画源于一次考古发现。考古学家安东尼奥博士告诉卡斯特罗，在形成于1.8亿年前的云尼斯山谷的洞穴中发现了大量的恐龙、猿猴、海龟和鱼类的化石，卡斯特罗要求画家把这一考古成果画出来。这幅壁画用不易掉色的天然颜料画成，作画时，当地有600名农民参与。最终，这幅壁画高120米，宽达180米，画在一片陡峭的山崖上。画上有巨蟒、恐龙、怪兽等古巴群岛的史前生物。

  壁画图案夸张，色彩鲜艳。画面右侧的两个人像是卡斯特罗特意让人加上去的。现在，这幅壁画已成为古巴旅游的一处重要景点。

后记 Afterwords

墨西哥和古巴之旅，由于时间较短，我们主要参观游览了墨西哥和古巴的重要文化遗址和特色城镇，如墨西哥的特奥蒂华坎古城、乌斯马尔古城、奇琴伊察古城等。这些重要文化遗址和特色城镇都已被联合国教科文组织列入《世界遗产名录》。

在特奥蒂华坎古城，我们攀登的太阳金字塔是古印第安文明的代表性建筑，也是世界第三大金字塔。在奇琴伊察古城观赏的库库尔坎金字塔、勇士庙、千柱广场、大球场、天文台、修女院等，都是最重要的古玛雅文明的建筑遗存。游览古城，观赏这些大约在1500多年前建造的巨大石构建筑，不禁让人对印第安人创建的古玛雅文明充满敬意。

西恩富戈斯城是19世纪殖民者在古巴建设的具有法国风情的小镇，保存着完好的建筑风貌。特立尼达城也完整地保留着16—19世纪的城市街道和建筑，人们可以看到500年前殖民城市的风貌，它因此被称为"活着的城市历史博物馆"。

除文化遗址和特色城镇外，墨西哥国家人类学博物馆、墨西哥国立自治大学图书馆、瓜纳华托山城、著名银都塔斯科以及古巴的哈瓦那老城区、莫罗城堡、瞭望山庄（海明威故居）等都是极具特色的参观游览点。但是，墨西哥和古巴这样有着悠久历史文明的国家，仅一次旅行是远远不够的。我们的旅行笔记只是简要地介绍了墨西哥和古巴的历史文化与景点，限于篇幅，记录与介绍也只是粗略的，与墨西哥和古巴的厚重历史文化内涵相比，显得微不足道。但我们希望这本旅行笔记为读者打开了解墨西哥和古巴历史文化的大门。

这本旅行笔记的排版由袁镔完成，目录英文由张育南先生翻译，笔记中有两幅图画由苏航作画、袁凌着色，谢谢他们为本书所做的贡献。

邹瑚莹　袁镔
2021年7月于清华蓝旗营